『おくのほそ道』最終路の謎

「芭蕉翁月一夜十五句」のミステリー

村瀬雅夫

はじめに

「宇宙時代」の現代、月は調査探訪可能な身近な天体となった。電化産業化の近代文明の進展で、太古以来の環境変化は大きい。「月見」の意味も変わりゆくのだろう。

十七世紀江戸時代の芭蕉は名月探勝の地に福井の敦賀を選んだ。芭蕉が越路の旅で望んだ「白根が嶽」と称された白山に連なる山里の福井県大野市は二〇〇四、五年連続で「星空日本一」に選ばれている。月夜も見事に違いない。

十余年お世話になった福井で、幸い「つるがの名月」を何度か目にすることができた。気比の松原に寄せ返す波音をバックに、気比神社、越の山々の松の山際から昇る名月の大きさと明るさには目を奪われた。

奥の細道最終路「名月はつるがのみなとにと」旅立った芭蕉が想い描いた「つるがの名月」はどこの、どんな月だったのだろうか。

芭蕉は西行歌枕の最終探訪地「種の浜（色ケ浜）」を須磨と並ぶ日本一寂しい浜と句に詠んだ。原子力発電所の開発が進んだ敦賀半島では「色ケ浜」と背中合わせの海辺「水晶浜」は須磨海岸同様、人気の海水浴場となって夏は人であふれかえる。

芭蕉が追い求め、想い描いた名月、月夜は現代ではもう再び目にできないのだろうか。

平成二十三年中秋の名月の日に

著　者

目次

はじめに　3
『おくのほそ道』「汐越の松」から「種の浜」まで　5
『荊口句帖』芭蕉翁月一夜十五句／序文と句　9
「芭蕉翁月一夜十五句」の旅　15
村瀬雅夫画「芭蕉翁月一夜十五句」　30
「芭蕉翁色ヶ浜遊記」　40
「芭蕉翁月一夜十五句」のナゾ　41
あとがき　94

芭蕉　おくのほそ道

（萩原恭男校注・岩波書店刊）より

石川県（加賀）から福井県（越前）へ入る
「汐越の浜」から「種の浜」（色ヶ浜）まで

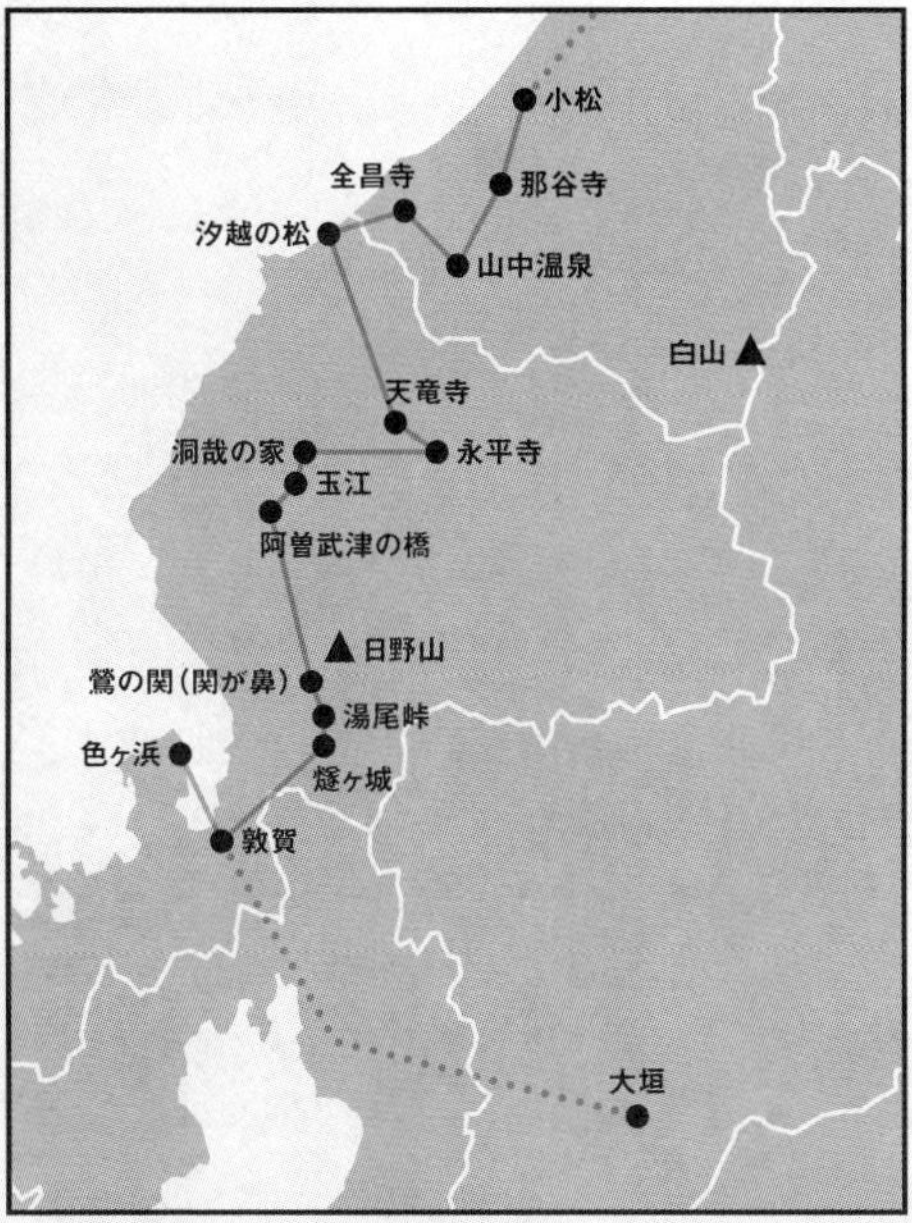

なお本書では、『芭蕉　おくのほそ道』（萩原恭男校注、岩波文庫）の原文を何か所か引用しました。『芭蕉　おくのほそ道』に基づいています。そのことをここに明記して、萩原恭男様および岩波書店様に感謝し、心から深くお礼申し上げます。

〈汐越の松〉

越前の境《さかひ》、吉崎《よしざき》の入江《いりえ》を舟に棹《さをさ》して、汐越《しほこし》の松を尋《たづ》ぬ。

終宵嵐《よもすがらあらし》に波をはこばせて
　　月をたれたる汐越の松　　西　行

此《この》一首にて数景尽《つき》たり。もし一弁《いちべん》を加《くはふ》るものは、無用の指を立《たつ》るがごとし。

〈天竜寺・永平寺〉

丸岡天竜寺《まるをかてんりゆうじ》の長老《ちやうらう》、古き因《ちなみ》あれば尋《たづ》ぬ。又、金沢の北枝《ほくし》といふもの、かりそめに見送りて此処《このところ》までしたひ来る。所々《ところどころ》の風景過《すぐ》さず思ひつゞけて、折節《をりふし》あはれなる作意など聞《きこ》ゆ。今既別《すでにわかれ》に望〈臨〉みて、

　物書《かき》て扇引《あふぎひき》さく余波《なごり》哉《かな》

五十丁山に入《いり》て、永平寺《えいへいじ》を礼《らい》す。道元禅師《だうげんぜんじ》の御寺《みてら》也。邦機〈畿〉千里を避《さけ》て、かゝる山陰《やまかげ》に跡をのこし給ふも、貴きゆへ〈ゑ〉有《あり》とかや。

〈等　栽〉

福井は三里計《ばかり》なれば、夕飯《ゆふげ》したゝめて出《いづ》るに、たそかれの路《みち》たど〳〵し。爰《ここ》に等栽《とうさい》と云《いふ》古き隠士《いんし》有《あり》。いづれの年にか、江戸に来《きた》りて予を

尋《たづぬ》。遥《はるか》十とせ余《あま》り也。いかに老《おい》さらぼひて有《ある》にや、将死《はたしに》けるにやと人に尋侍《たづねはべ》れば、いまだ存命して、そこ〳〵と教ゆ《(ふ)》。市中ひそかに引入《ひきいり》て、あやしの小家《こいへ》に、夕貌《ゆふがほ》・へちまのはえ《(へ)》かゝりて、鶏頭《けいとう》・はゝ木《(帚木)》ゞに戸《と》ぼそをかくす。さては、此《この》うちにこそと門《かど》を扣《たたけ》ば、侘《わび》しげなる女の出《いで》て、「いづくよりわたり給ふ道心《だうしん》の御坊《ごばう》にや。あるじは此《この》あたり何《なに》がしと云《いふ》ものゝ《(の)》方に行《ゆき》ぬ。もし用あらば尋給《たづね》へ」といふ。かれが妻なるべしとしらる。むかし物がたりにこそ、かゝる風情《ふぜい》は侍れと、やがて尋《たづね》あひて、その家に二夜《ふたよ》とまりて、名月はつるがのみなとにとたび立《だつ》。等裁も共に送らんと、裾《すそ》おかしうからげて、路の枝折《しおり》とうかれ立《たつ》。

〈敦　賀〉

漸白根《やうやうしらね》が嶽《だけ》かくれて、比那《ひな》が嵩《だけ》あらはる。あさむづの橋をわたりて、玉江《たまえ》の蘆《あし》は穂に出《いで》にけり。鶯《うぐひす》の関を過《すぎ》て、湯尾峠《ゆのをたうげ》を越《こゆ》れば、燧《ひうち》が城《じやう》、かへるやまに初雁《はつかり》を聞《きき》て、十四日の夕ぐれ、つるがの津に宿《やど》をもとむ。

その夜、月殊晴《ことにはれ》たり。「あすの夜もかくあるべきにや」といへば、「越路《こしぢ》の習ひ、猶《なほ》明夜の陰晴《いんせい》はかりがたし」と、あるじに酒すゝめられて、けいの明神《みやうじん》に夜参《やさん》す。仲哀《ちゆうあい》天皇の御廟《ごべう》也。社頭神さびて、松の木の間《こま》に月のもり入《いり》たる、おまへの白砂霜を敷《しけ》るがごとし。往昔《そのかみ》、遊《ゆ》行《ぎやう》二世の上人《しやうにん》、大願発起《はつき》の事ありて、みづから草を刈《かり》、土石《どせき》を荷《にな》ひ、泥渟《でいてい》をかは《(わ)》かせて、参詣往来《わうらい》の煩《わづらひ》なし。古例《これい》今にたえず、神前に真砂《まさご》を荷ひ給ふ。「これを遊行の砂持《すなもち》と申侍《もうしはべ》る」と、亭主《ていしゆ》のかたりける。

月清し遊行のもてる砂の上

十五日、亭主の詞《ことば》にたがはず雨降《ふる》。

名月や北国日和《ほくこくびより》定《さだめ》なき

〈種の浜〉

十六日、空霽《はれ》たれば、ますほの小貝《こがひ》ひろはんと、種《いろ》の浜《はま》に舟を走《は》す。海上《かいしやう》七里あり。天屋何某《てんやなにがし》と云《いふ》もの、破籠《わりご》・小竹筒《ささえ》などこまやかにした〻めさせ、僕《しもべ》あまた舟にとりのせて、追風《おひかぜ》時のまに吹着《ふきつき》ぬ。浜はわづかなる海士《あま》の小家《こいへ》にて、侘《わび》しき法花寺《ほつけでら》あり。爰《ここ》に茶を飲《のみ》、酒をあた〻めて、夕ぐれのさびしさ、感に堪《たへ》たり。

寂しさや須磨《すま》にかちたる浜の秋

浪《なみ》の間《ま》や小貝《こがひ》にまじる萩《はぎ》の塵《ちり》

其日《そのひ》のあらまし、等栽《とうさい》に筆をとらせて寺に残《のこ》す。

荊口句帖

大垣市立図書館蔵

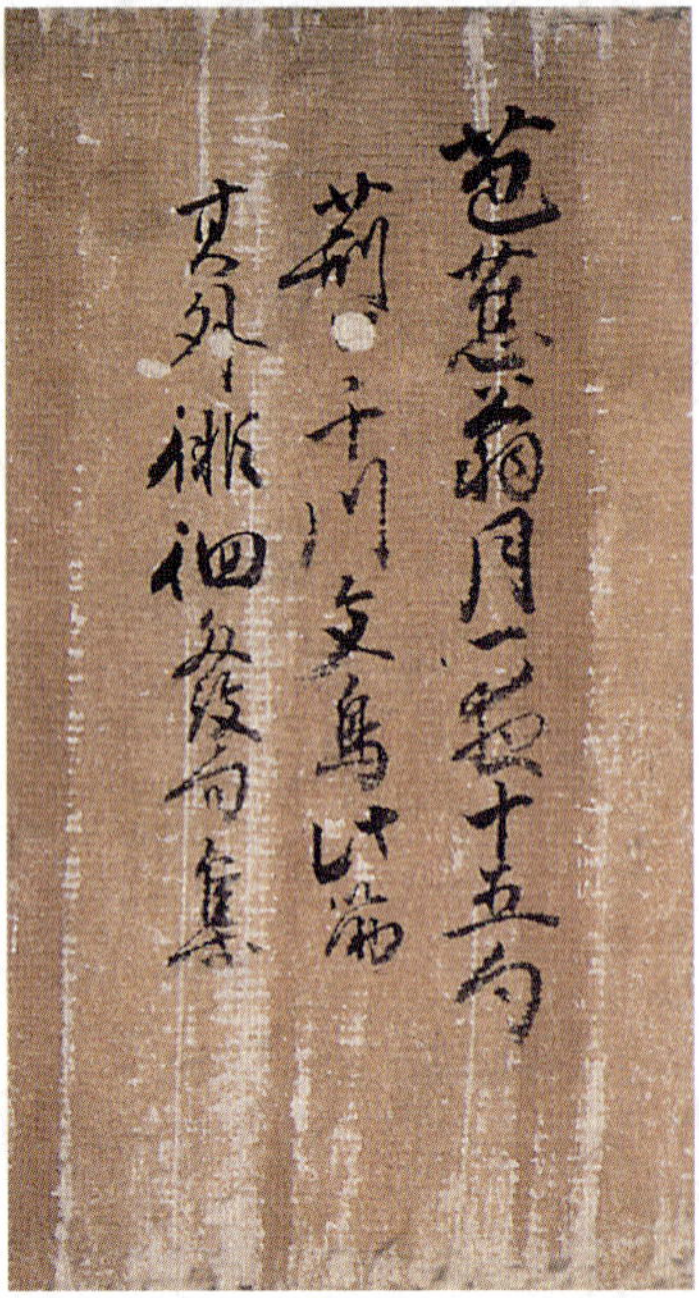

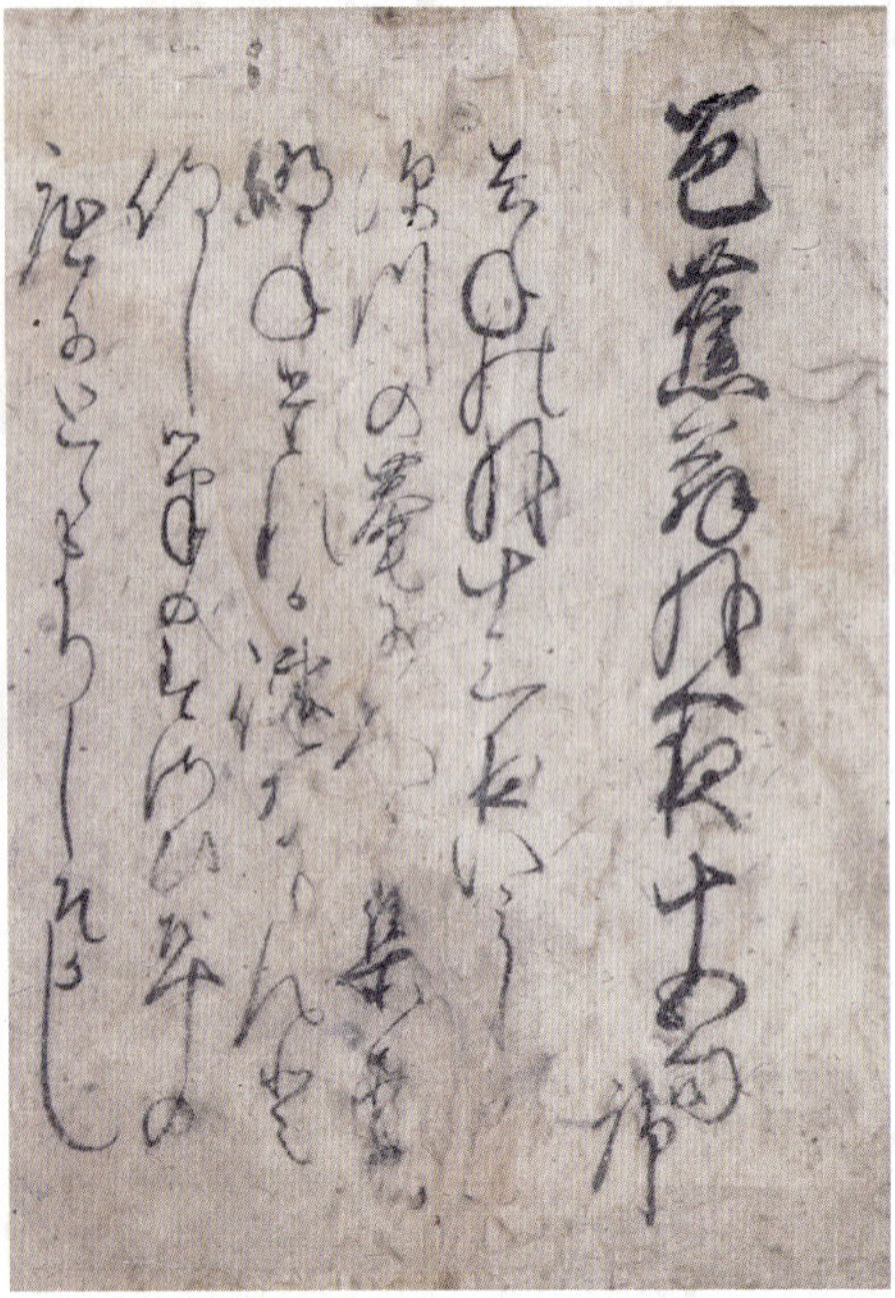

芭蕉翁月一夜十五句
荊口、千川、文鳥、此筋
其外徘徊発句集

芭蕉翁月一夜十五句序
去年の月十三夜、いミし
深川の庵に人々集り、
明年たれか健ならんと
侍し、筆のすさび、耳の
底にとゝまりしそかし、

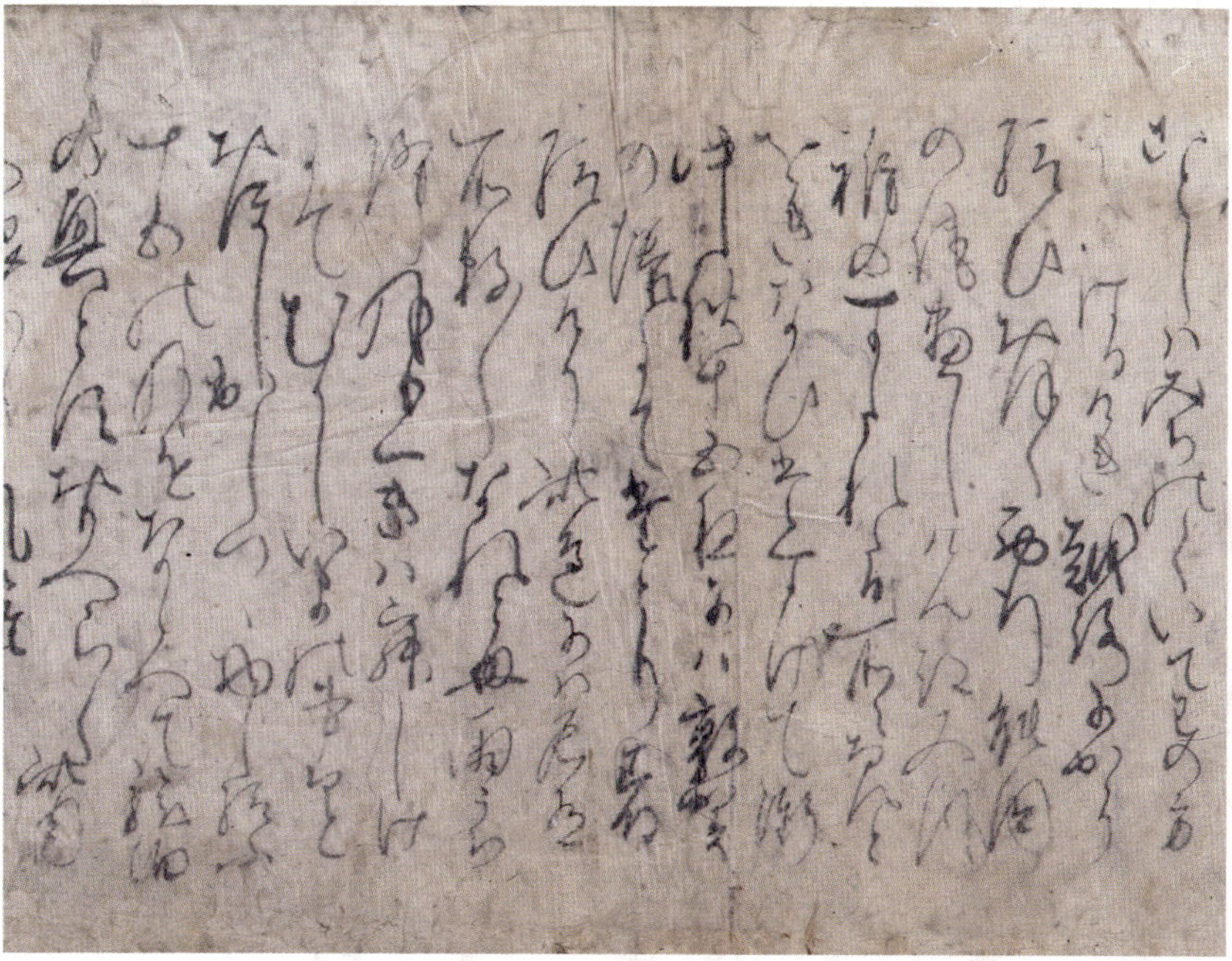

ことしハみちのくのてわの方
なる、はるけき越路にかゝり
給ひ、おほく西行能因
の儀も尽くしけん。跡又風
雅のすたれたる所々なんと
をきなひたすけて、漸、
中秋十五夜にハ敦賀
の湊まてたとり着
給ひけり、此辺には、月名
所数〳〵なとも、雨うち
降、月も一きハ床しげ
にて、むかしいまの事なと
おほし出しつつ物し給ふ。
十五夜の月をならへて、旅泊
の興とす、おもへらく、此月

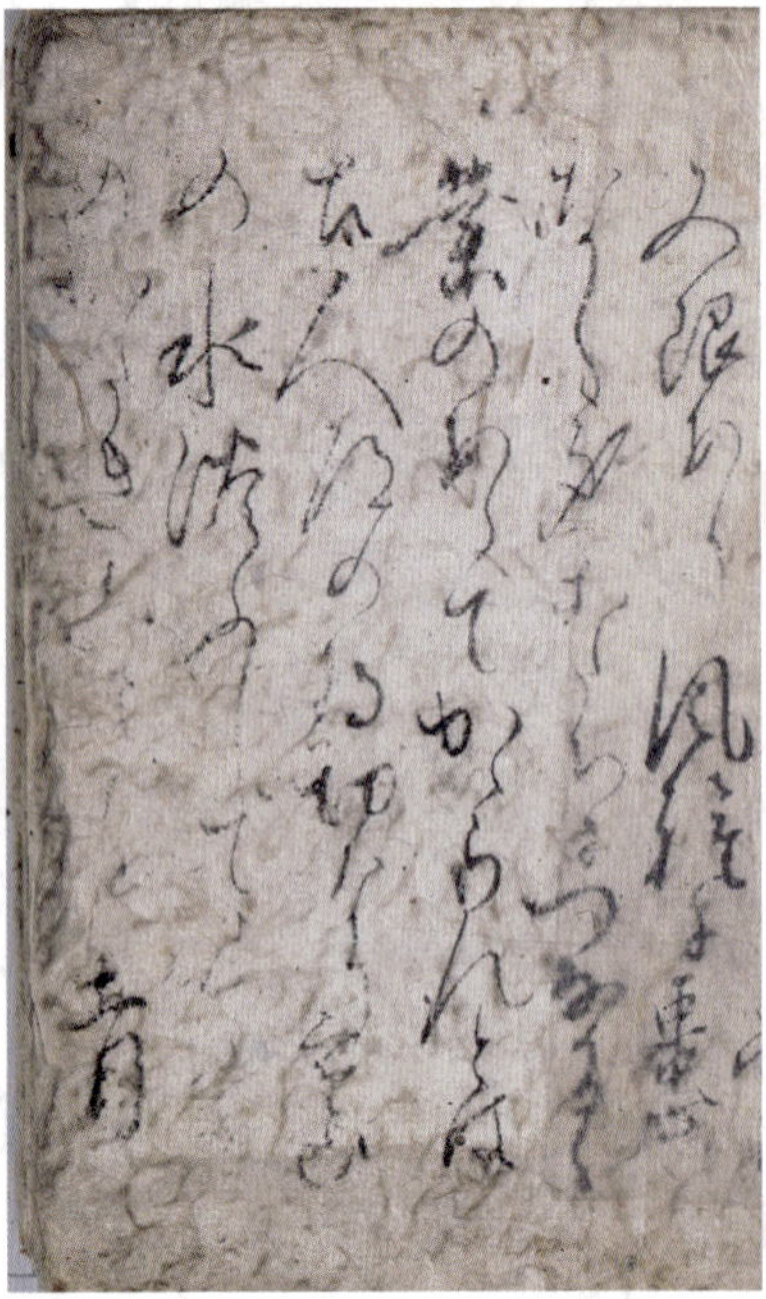

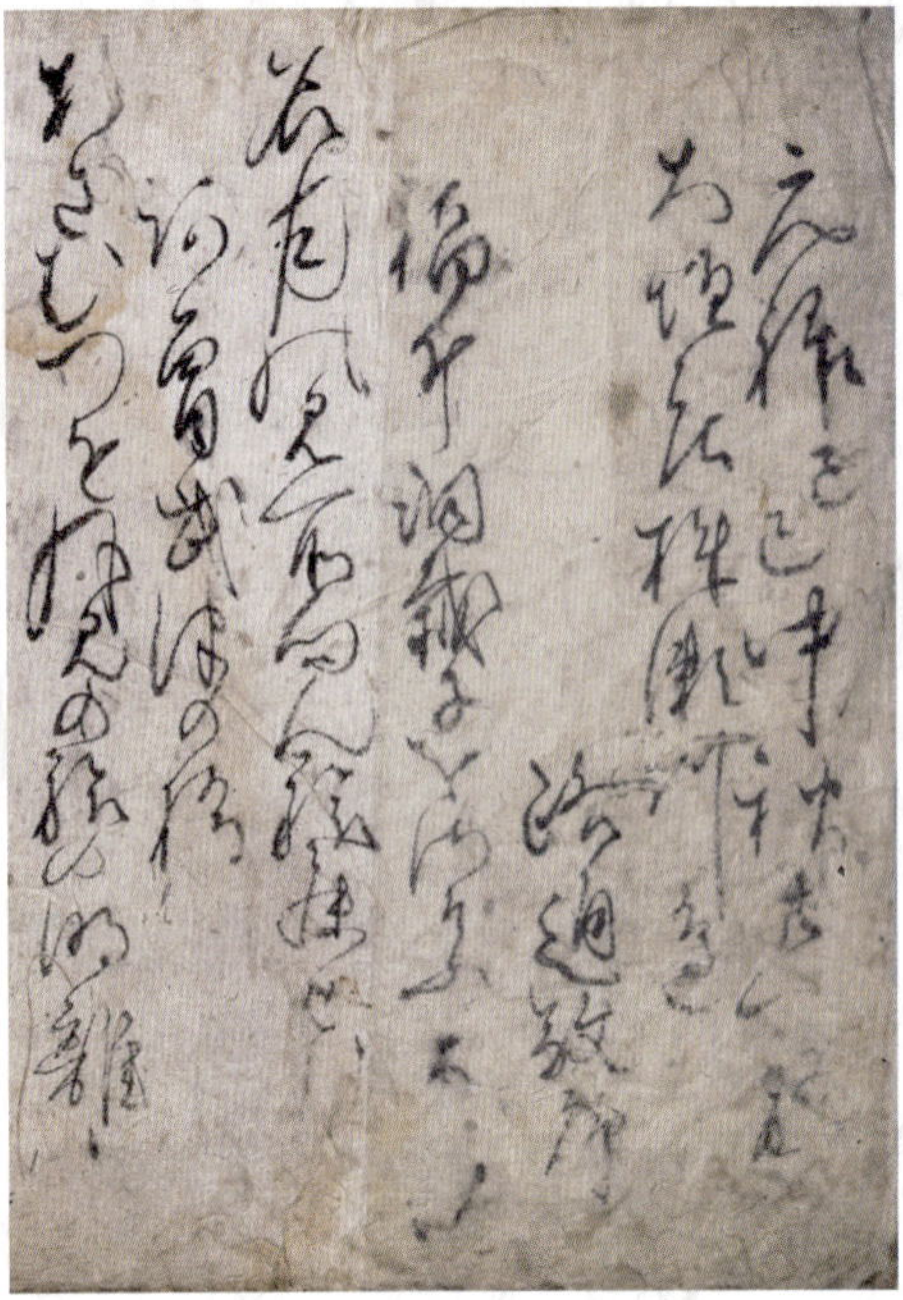

又限あり、風雅に患
なく身こゝちはつながる、
業のありて、かくあらんとは、
古人道の為切なり。寒山
の水淡うしての、
かたきこと□□月

元禄己巳中秋廿一日
大垣庄株瀬川辺
路通敬序

福井洞栽子をさそふ
名月の見所問ん旅寝せん

阿曽武津の橋
あさむつを月見の旅の明離

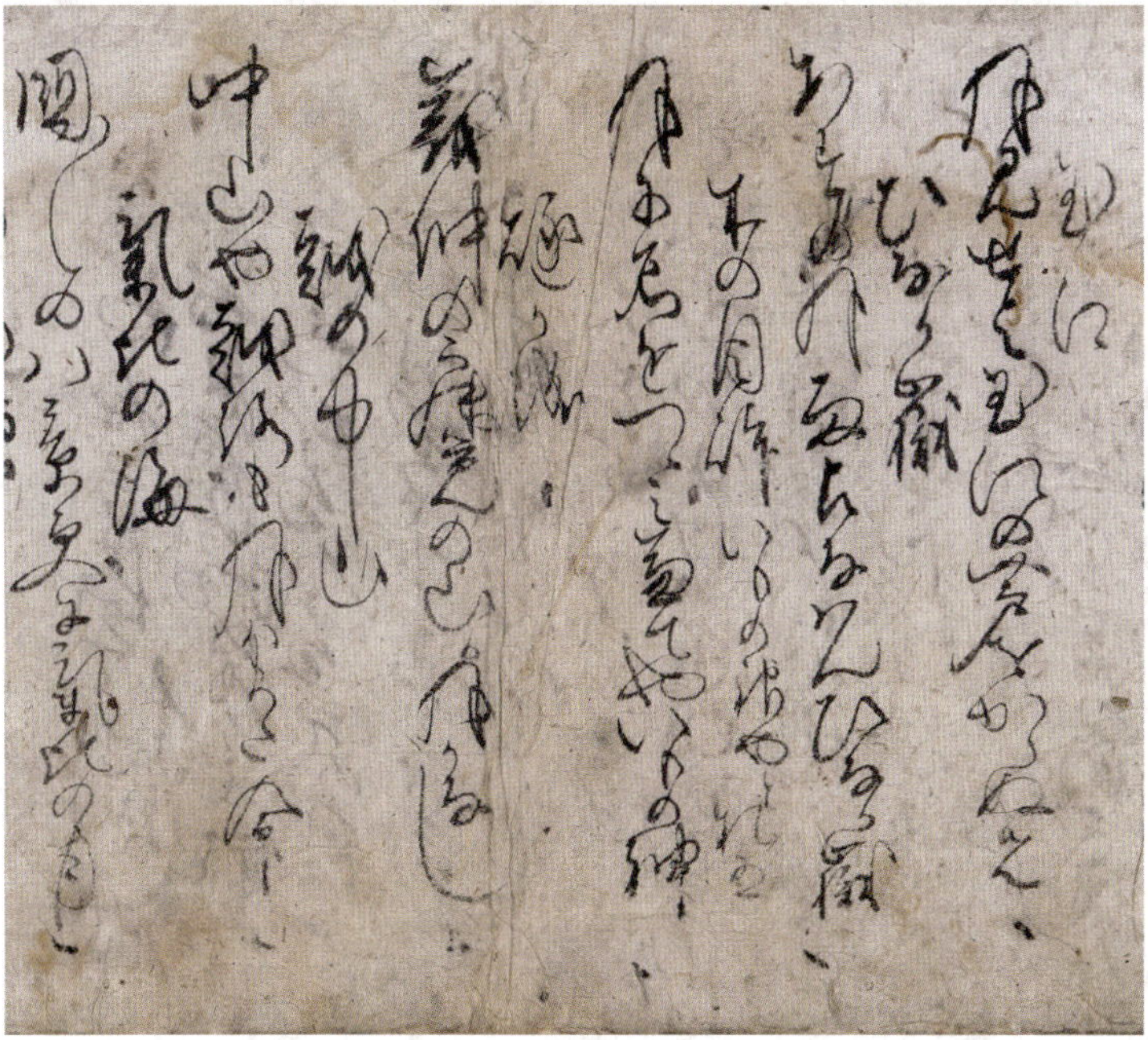

玉江

月見せよ玉江の芦のからぬ先

ひなか嶽

あすの月雨占なハんひなが嶽

木の目峠いもの神やと札有

月に名をつつミ兼てやいもの神

燧が城

義仲の寝覚の山か月かなし

越の中山

中山や越路も月ハまた命

気比の海

国々の八景更に気比の月

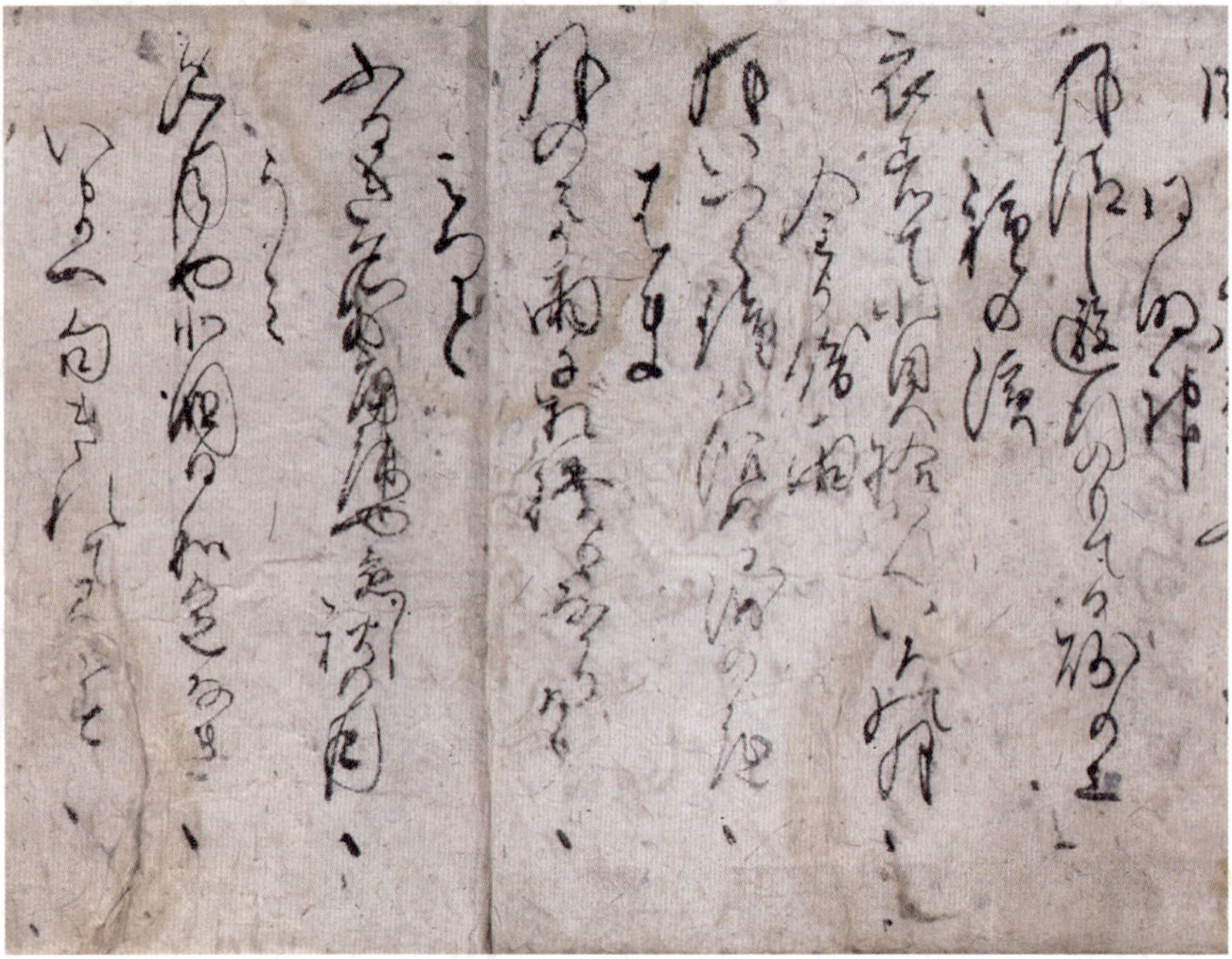

同明神

月清し遊行のもてる砂の上

種の浜

衣着て小貝拾ハんいろの月

金か崎雨

月いつく鐘ハ沈める海の底

はま

月のミか雨に相撲もなかりけり

ミなと

ふるき名の角鹿や恋し秋の月

うみ

名月や北国日和定なき

いま一句きれて見えず

「芭蕉翁月一夜十五句」の旅

等栽宅跡（福井市左内公園）

《福井洞栽子をささふ》

名月の見所問ん旅寝せん

朝六川と浅水橋

《阿曾武津の橋》
あさむつを月見の旅の明離

狐川と玉江二の橋

《玉江》

月見せよ玉江の芦のからぬ先

ひなが嶽（日野山）

《ひなが嶽》

あすの月雨占なハんひなが嶽

湯尾峠と木の目（芽）峠
※前書の木の目峠は湯尾峠の誤りか

《木ノ目峠いもの神やと札有》

月に名をつゝミ兼てやいもの神

愛宕山燧が城跡

《燧が城》

義仲の寝覚の山か月かなし

山中峠

《越の中山》

中山や越路も月ハまた命

敦賀湾と敦賀半島

《気比の海》

国々の八景更に気比の月

気比神宮と満月

《同明神》

月清し遊行のもてる砂の上

種の浜（色ヶ浜）とますほの小貝

《種の濱》
衣着て小貝拾ハんいろの月

金ケ崎

《金ケ崎雨》

月いつく鐘ハ沈める海の底

気比の松原と満月

《はま》

月のミか雨に相撲もなかりけり

敦賀港

《ミなと》

ふるき名の角鹿や恋し秋の月

十四日の月

《うみ》

名月や北国日和定なき

村瀬雅夫 画（絹本着色・軸装）
「芭蕉翁月一夜十五句」

《福井洞栽子をさそふ》
名月の見所問ん旅寝せん

《阿曾武津の橋》

あさむつを月見の旅の明離

《玉江》

月見せよ玉江の芦のからぬ先

《ひなが嶽》

あすの月雨占なハ《は》んひなか嶽

《木の目峠いもの神やと札有》

月に名をつゝミ《み》兼てやいもの神

《燧が城》
義仲の寝覚の山か月かなし

《越の中山》
中山や越路も月ハ《(は)》また命

《気比の海》

国々の八景更に気比の月

《同明神》

月清し遊行のもてる砂の上

《種の浜》

衣着て小貝拾ハ《（は）》んいろの月

《金ケ崎雨》
月いつく鐘ハ(は)沈める海の底

《はま》
月のみか雨に相撲もなかりけり

《みなと》
ふるき名の角鹿や恋し秋の月

《うみ》
名月や北国日和定なき

浪の間や小貝にまじる萩の塵

（『おくのほそ道』より）

芭蕉翁色ヶ浜遊記

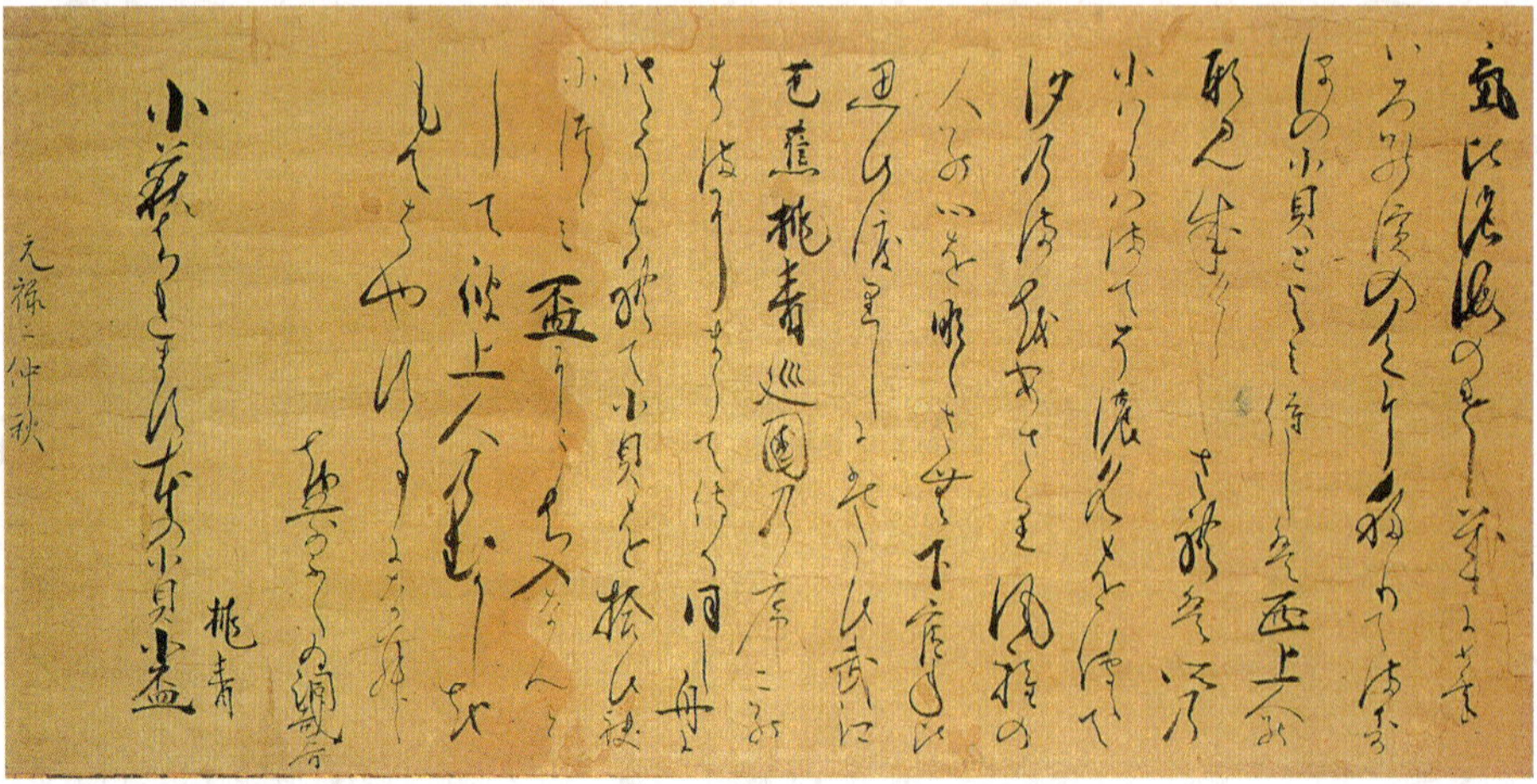

本隆寺蔵／敦賀市指定文化財

気比の海のけしきにめて
いろのはまの色に移りてます
ほの小貝とよみ侍りしは、西上人の
形見成けらし　されは所の
小はらはまで　その名を伝へて
汐の間をあさり　風雅の
人の心をなぐさむ　下官年比
思ひ渡りしに此たび武江
芭蕉桃青巡国の序　この
はまにまうて侍る同じ舟に
さそはれて小貝を拾い袂
につゝみ盃に打入なんと
して彼上人のむかしを
もてはやす事になむ

越前ふくゐ洞哉書

桃青

小萩ちれますほの小貝小盃

元禄二仲秋

「芭蕉翁月一夜十五句」のミステリー

ナゾの奥の細道最終行程

「芭蕉翁月一夜十五句」の発見

戦後間もない昭和三十四年（一九五九年）、岐阜県の大垣市立図書館で発見された『荊口句帖《けいこうくちょう》』とともに「芭蕉翁月一夜十五句《ばしょうおうつきいちやじゅうごく》」が初めて世に出たという。「六十年安保」の騒乱の時代、大ニュースにはならなかった。その中の一句、「国々の八景更に気比の月」はこれまで全く伝えられず、初めて世に出た芭蕉の句だという。

奥の細道の帰途、敦賀まで芭蕉を出迎えた門人露通《ろつう》は、大垣まで馬の旅を共にし、そこで待ち受ける一門知人たちと合流滞在した。その中の一人「荊口《けいこう》」の俳号を持つ大垣藩士宮崎太左衛門一家の句集がまとめられ、その序文に露通は「月一夜十五句」を書き写した。芭蕉が中秋の八月十五日の前後に詠んでから、まだ一週間もたたない八月二十一日だった。原本は和紙に記され、折るか巻かれたためか、外側がすり切れていたらしい。露通は「残り一句切れて見えず」と記し、前書きとともに十四句を写した。原本はその後行方不明となったが、序文のおかげで十四句が後世に伝わることになった。

もし露通が写し留めておらず、またこの句集が失われていれば、芭蕉の「月一夜十五句」の存在は永遠に知られなかったかもしれない。

芭蕉の「月一夜十五句」は、原本がすり切れるほど人々の手に渡り目にふれたのだろう。その人気と関心は、敦賀から大垣まで当時は周知の事実だったろう。敦賀から芭蕉と同行した露通は、「月一夜十五句」誕生の生々しい事情と人気を目撃し、芭蕉自身からもそれについて聞いていただろう。大垣に集まった門人達も同様で、句集の序文に「月一夜十五句」がとどめられることは晴れがましいことであったに違いない。芭蕉自身も同意したかもしれない。

十五句目は切れて見えず？

原本には何と題されていたか不明だが、露通は「芭蕉翁月一夜十五句」と命題して十四句を写した。露通も門人達も「切れて見えず」と、今は伝わらない十五句目も芭蕉自身の口から聞き知っていたかもしれない。

しかしこうした事実は永く忘れられ、芭蕉の月詠独吟十五句の存在は、敦賀で生まれてから二百七十年後再び知られることになった。「名月はつるがのみなとにとたび立」と、『おくのほそ道』本文に記された、奥の細道最終行程は、中秋観月の十五句独吟にいどみ、六か月に及ぶ旅の最後をしめくくる決意の旅でもあった。

月一夜十五句の誕生

「おくのほそ道」のナゾを知る

江戸時代の正保元年（一六四四年）伊賀上野に生まれ、元禄七年（一六九四年）に五十歳の生涯を終えた松尾芭蕉の没後三百年、敦賀の医師で俳人でもある川上季石さんが地元福井の調査をもとに『芭蕉越前を歩く』を平成六年（一九九四年）に刊行された。私が「月一夜十五句」の発見を知ったのもこの著作によってだが、奥の細道最終行程には、まだまだ知られざるナゾが多く残されているらしいことはさらに驚きだった。その一因は、ずっと同行した門人の曾良が山中温泉で芭蕉と別れて先に旅立ち、『随行日記』『俳諧書留』など芭蕉の行程のアリバイともなる資料が最終行程だけ残されていないことによるらしい。「月一夜十五句」に写されていた句や、その元の句とされる芭蕉直筆の短冊やその句碑などが敦賀に伝えられ、「月一夜十五句」誕生の姿が少しづつ浮かび上りつつあるようだ。福井から敦賀への名月観照と、敦賀半島色ヶ浜の西行歌枕の地への船旅にずっと同行し、「月一夜十五句」の誕生を目撃した唯一の証人、福井の俳人、等栽《とうさい》にかかわる記録などが発見されることがあれば、「月一夜十五句」誕生のいきさつ、最終行程のナゾも一気に解明されるかもしれない。

芭蕉、奥の細道への旅と月

元禄二年（一六八九年）芭蕉は奥の細道の旅に出発した。西行法師《さいぎょうほうし》（一一一八～一一九〇年）没後五百年、西行の歌枕の地を訪ねることも旅の目的だとされる。『おくのほそ道』本文初めに「松島の月先心にかかりて」と記されている。敦賀での名月観賞と「月一夜十五句」連作は奥の細道の旅とどうかかわるのだろう。

松島についた芭蕉は、夜の月を眺め「月海にうつりて、昼のながめ又あらたむ」と記したが、月の句は残していない。その後、羽黒山で三日月を眺めた句、十三夜の市振の句に次いで、敦賀に中秋の名月を訪ねた二句が登場する。

月清し遊行のもてる砂の上

名月や北国日和定なき

そしてこの二句が旅の最後を飾る月の句だ。

この二句は、「芭蕉翁月一夜十五句」に写され、九句目と十四句目に登場していた。「月一夜十五句」がなかったら、この二句は『おくのほそ道』にとどめられなかったのだろうか。

「名月や池をめぐりて夜もすがら」はじめ多くの月の名句を残し、月の風情に心よせた俳聖は、奥の細道の旅に名月の探勝地を予定したのだろうか。いつ「月一夜十五句」の連作は企図されたのだろうか。恐らく前代未聞といえる芭蕉の月詠独吟十五句の誕生と忘却には、大きなナゾが秘められていそうだ。

芭蕉は敦賀の中秋観月の旅に、なぜ十五句連作を試みようとしたのだろうか。『おくのほそ道』には曾良の句も含め、五十余の句が記されている。その二句をとどめる「月一夜十五句」連作そのものが異例のようだ。

各地での句会

西行五百年忌に合わせ、歌枕の地を訪ねる奥の細道の旅は、先々で十を超す句会が開かれ、三十六句を連ねる歌仙の連歌が曾良の

『俳諧書留』には記されている。しかし芭蕉が独吟で連作を試みたことは曾良の同行中にはなかったようだ。芭蕉に独吟十五句を試みさせたのは敦賀の中秋名月への大きな期待だったのだろうか。

奥の細道の旅は行く先々で句会が開かれている。日光の旅の後、四月は那須に滞留して歌仙の連歌、白河の関を越えた須賀川でも連歌の会。松島、平泉の旅の後五月の末は大石田、六月は隣りの新庄で三十六歌仙の連歌の会が開かれた。『おくのほそ道』には「みちしるべする人しなければと、わりなき一巻《ひとまき》残しぬ。このたびの風流、爰《ここ》に至れり」と記された。奥の細道の旅は、俳諧振興、蕉風興隆の地方巡業、全国ツアーでもあった。そのなかの異色は、出羽三山＝羽黒山、月山、湯殿山巡行の句会だろう。梅雨明けを待つ時間調整ともとれる大石田、新庄の滞在後、芭蕉一行は六月四日から六月十日まで（新暦七月二十日〜二十六日）修験者の白衣で参詣した。入山した四日と下山する十日の二回、歌仙連歌の句会を開いた。『おくのほそ道』には「四日、本坊にをゐて誹諧興行」と記され、さらに「惣《そうじ》て、此《この》山中の微細《みさい》、行者《ぎょうじゃ》の法式として他言《たごん》する事を禁ず。仍《よっ》て筆をとゞめて記《しる》さず。」と書かれた。曾良の『俳諧書留』によると、四日と十日の句会には露丸《ろがん》の名が連り、参籠登山には多くの巡行者が従ったかもしれない。俳諧修行の一つでもあっただろうか。

日本海側の最上川河口の港町、酒田に六月十三日に着いた芭蕉と曾良は、登山の疲れを休め約十日余滞在した。象潟《きさかた》を訪れ、酒田で句会を開いた後、芭蕉と曾良は日本海側を一月足らず一気に南下した。六月十五日に酒田を出発、直江津で句会の後、七月十日に金沢に至った。長旅の疲れと夏の暑さが重なり芭蕉も曾良も体調を崩した。

『おくのほそ道』には

「此間《このかん》九日《ここのか》、暑湿《しょしつ》の労に神《しん》をなやまし、病《やまひ》おこりて事をしるさず。
文月《ふみづき》や六日《むいか》も常の夜には似ず
荒海《あらうみ》や佐渡によこたふ天河《あまのがわ》」

と記されている。

金沢では前年亡くなった俳人の追善句会が開かれ、芭蕉と曾良はしばらく滞在した。曾良は体調を崩し、薬を服用し続け、芭蕉の随行にも遅れたり、加われなかった。『俳諧書留』には、金沢以後芭蕉と自身の句しか記していない。

曾良との別れと越前の旅の計画

金沢を出発し、小松で句会を終えた芭蕉と曾良は、近くの山中温泉に七月二十七日到着した。新暦の九月十日、残暑も峠を越しただろう。芭蕉と曾良はここで八月五日まで、約十日滞留した。とりあえず旅の疲れと病の悪化は治まったかもしれない。越前（福井）を越せば、芭蕉の故郷伊賀上野、曾良の第二の故郷尾張長島はすぐだ。旅の最後のプランがここでじっくり練られたに違いない。

体調を崩し芭蕉と別れ先行したと『おくのほそ道』に記された曾良は、治療に一刻を急いだ気配はない。芭蕉の先遣隊として、訪問先の検分、手配を続けた。『曾良日記』によると加賀と越前の境にある西行歌枕の地に舟を乗り継いで訪れ、敦賀でも陸の孤島であった敦賀半島の「色ケ浜」へ海上を渡った。再び戻った敦賀では芭蕉宿泊予定の「出雲や弥市良」を訪ねた。「金子壱両、翁へ可渡之旨中頼、預置也」翌八月十一日には、「天屋五郎右衛門」を訪ね、翁への手紙を預け大垣へ発った。琵琶湖を舟で彦根まで渡り、関ヶ原から十四日に大垣に着いた曾良は、芭蕉の敦賀到着予定を知っていたかのように夜の月見に歩いた。中秋名月十五日には、伊勢長島へ出発、藩医の治療を受けて薬を飲み、ようやく療養に専念した。約二週間後、九月三日再び大垣に戻った。

『おくのほそ道』最終章は、門人達との再会の歓びと次の旅、九月六日からの伊勢遷宮への旅立ちの別れが記される。曾良は新しい旅に合わせて大垣に戻った。奥の細道の旅は、敦賀での西行の歌枕の地探訪、種《いろ》の浜《はま》への舟旅が西行ゆかりの地を訪ねる最後の旅となった。

今は原子力発電所が置かれ、開発された敦賀半島は、第二次大戦の戦前までは道が無く、海からしか行けない陸の孤島と言われてきた。江戸時代も旅の途次簡単に立ち寄れる地ではなかっただろう。曾良が出雲屋に預けた金一両には、恐らく舟のチャーター代も含まれ、その手配準備も頼んだに違いない。そうした日数の準備を見越して曾良は先行する必要があったのだろう。

中秋の名月観照と西行の歌枕の地探訪

奥の細道の最後を中秋の名月観照と西行の歌枕の地探訪でしめくくる予定は事前に周到に計画され、どうしても実行させる強い決意を芭蕉は抱いていたのではないか。曾良はその実現のため、病身をおして万全の先行準備に当ったのだろう。

奥の細道の旅は、行く先々で句会が開かれた。小松でも七月二十五、六日両日開かれた。しかしその後は七月二十七日から八月四日まで一週間以上逗留した山中温泉でも句会は『曾良日記』には記されていない。曾良が『俳諧書留』に記した芭蕉の最後の句は、山中温泉での「山中は菊は手折らじ湯の薫」だ。五年後清書されて遺され、後に刊行された『おくのほそ道』には「山中や菊はたおらぬ湯の匂」とされた。

以後、先行した曾良の芭蕉の行程への記述は無い。金沢の門人、北枝《ほくし》と松岡天竜寺で別れ、福井で等栽と再会し、敦賀で露通の出迎えを受けるまで、越前の福井、敦賀で句会が開かれた痕跡はまだ見つかっていない。山中温泉からの旅は、敦賀での名月観照と西行の歌枕の地を訪ねる目的だけにしぼられたのではないか。曾良はその実現のためだけに先行する必要があった。そう考えると先行した曾良と芭蕉の行程の重なりは納得がいく。

曾良の後に続いて一日遅れで、吉崎の浜から舟に乗った芭蕉は、西行の歌枕の地とされる汐越《しおこし》の松を訪れた。『おくのほそ道』にはこう記されている。

「終宵《よもすがら》嵐《あらし》に波をはこばせて

吉崎の浜から見た北潟湖と鹿島の森

蓮如上人の旧跡、吉崎御坊

月をたれたる汐越の松　西行

此《この》一首にて数景尽《つき》たり。もし一弁《いちべん》を加《くはふ》るものは、無用の指を立《たつ》るがごとし。」

この数日後、福井で旧知の俳人等栽の家に二泊した芭蕉は「名月はつるがのみなとにとたび立」と記した。

西行の歌に続いて『おくのほそ道』に記された芭蕉の中秋の月の二句は「芭蕉翁月一夜十五句」に写された句であり、この二句は、「月一夜十五句」の連作から生まれた。『おくのほそ道』の最終章を、西行の歌と自らの月の句で飾ることは当初の予定通りなのだろうか。そのもとになった「月一夜十五句」の連作はどのようにして生まれ、そしてまた長く忘れられることになったのはなぜなのだろうか。「月一夜十五句」に残されたその句が詠まれた道をたどるとそうしたナゾのいくつかにふれられるかもしれない。

「月一夜十五句」の道

曾良による旅の事前手配

万全の準備手配のために先行した曾良に続く芭蕉の旅の行程は曾

汐越の松

汐越の松から望む日本海

良のルートに重なる。当時のメインルート北国街道を離れ、加賀と越前の国境、舟を乗り継ぎ通行不便な吉崎の浜に西行歌枕の地「汐越の松」を訪ね、さらに舟でしか渡れない陸の孤島敦賀半島の西行ゆかりの「色ヶ浜」へ足を運ぶ。ただでさえ越前山中の険しい難路を外れる旅は、周到な準備が必要だっただろう。

現代では小松空港から東京への空の便に乗ると、芭蕉と曾良がたどった越路の姿が一望できる。越中・飛騨の北アルプスの山地が日本海に落ち込むせまい沖積平野に金沢、小松が続く。九頭竜川《くずりゅうがわ》沿いの平地の越前平野に続き足羽川《あすわがわ》流域など支流の平地が、越前美濃の山地に食い込み、ほとんど山地だ。海沿いの吉崎の浜、東尋坊《とうじんぼう》の海上を飛ぶ飛行機は一気に上昇して山中温泉、永平寺など白山に連なる山地を越えなければならない。

海をへだてる越前の山並み、続く飛騨美濃の山々に深く入り込んだ敦賀湾、気比《けひ》の海があり、その最奥に敦賀の港がある。対岸に敦賀半島、続く山並みの彼方に琵琶湖が望める。奥の細道最後の行程はほとんどが山並みに埋まっている。

敦賀の港は海運が物流の中心だった時代、尾張、京都、大阪を控える集散の一拠点だった。日本の昆布の流通はずっと敦賀で仕切ら

天竜寺

天竜寺芭蕉家

れてきた。そのにぎわいはシベリア鉄道、極東航路の二十世紀前半まで、日本の玄関として続いた。

八月五日、芭蕉と別れ、先遣手配に先行した曾良は、七日に吉崎の浜を訪ね、八日に越前の森岡（森田）を出発、北国街道を南下して今庄に一泊、九日敦賀に着いた。その夜舟で、敦賀半島の「種の浜」に渡り、翌十日と十一日に敦賀で準備手配を終え、十四日に大垣に着いた。

旧知、等栽の登場

曾良より一日後に汐越の松を訪ね越前福井に入った芭蕉は、少しルートを変えている。芭蕉は江戸で旧知だった丸岡（松岡）天竜寺の長老を訪ね、さらに東の山中へ健脚を伸ばし永平寺に参詣した。福井に戻ると十年余の旧知、俳人等栽を訪ねた。

『おくのほそ道』にはこう記された。

「いづれの年にか、江戸に来《きた》りて予を尋《たづぬ》。遙《はるか》十とせ余《あま》り也。いかに老《おい》さらぼひて有《ある》にや、将死《はたしに》けるにやと人に尋侍《たづねはべ》れば、いまだ存命して、そこ〳〵と教ゆ。」

十数年音信不通の旧知を遠路の旅の途次たまたま訪れて奇遇の再

永平寺勅使門

会を果し、そこに二泊した。そして二人で敦賀への名月観照に旅立つ。

「名月はつるがのみなとにとたび立《だつ》。等栽も共に送らんと、裾《すそ》おかしうからげて、路の枝折《しおり》とうかれ立《たつ》」

中秋名月の旅の前に劇的な再会劇の一章がもうけられている。等栽との再会が、「月一夜十五句」連作の動機になったのだろうか。敦賀の中秋名月を楽しむために、十二、十三日は時間調整のために宿泊したともされる。等栽との再訪、宿泊は予定され、計画されていたのであろうか。芭蕉は十三日に福井を発ち、曾良の宿泊した今庄で一泊したという説もある。等栽と二人で同行した敦賀への名月観照の旅の行程にはまだ不明の部分が多いのだという。等栽は中秋の翌十六日、種の浜へも同行し「其日《そのひ》のあらまし、等栽《とうさい》に筆をとらせて寺に残す」と『おくのほそ道』本文には記されている。月一夜十五句連作と福井の俳人等栽はどうかかわったのであろうか。

足羽川と足羽山

等栽の旧宅跡（左内公園）

「月一夜十五句」とともに

等栽と同行の旅

「名月の見所問ん旅寝せん」

「月一夜十五句」の最初はこの句で始まる。前書きには「福井洞栽子をさそふ」と記される。

等栽と二人、芭蕉の「月一夜十五句」名月独吟の旅が、八月十四日、福井の等栽の家から始まった。

等栽の家は、足羽川沿いの福井の城下にあった。九頭竜川に合流する足羽川沿いに、海を距るように越前海岸沿いの山地が始まる。その東端の足羽山麓、今は市街地の中に囲まれた公園の一角に、旧宅跡地を示す句碑などが立っている。江戸時代のメインルート、北国街道は、加賀から九頭竜川流域の平野をよぎり、足羽川を渡ると、山沿いになり、足羽川流域の平地越しに東に白山に連なる山々を望む。今のメインルートは東に移り、平野を貫通している。山際に近い旧街道沿いには今も木造瓦屋根「うだつ」のある古い家もところどころに残って往時を偲ばせる。

芭蕉が等栽宅を訪ねた当時の様子は『おくのほそ道』にこう記さ

れている。

「あやしの小家《こいへ》に、夕貌《ゆふがは》、へちまのはえかかりて、鶏頭《けいとう》・はゝ木ゞに戸ぼそをかくす。さては、此《この》うちにこそと門《かど》を扣《たたけ》ば、侘《わび》しげなる女の出《いで》て、『いづくよりわたり給ふ道心《だうしん》の御坊《ごばう》にや。あるじは此《この》あたり何《なに》がしと云《いふ》もの丶方に行《ゆき》ぬ。もし用あらば尋《たづね》給へ。』といふ。かれが妻なるべしとしらる。むかし物がたりにこそ、かかる風情は侍れと、やがて尋あひて、…。」

「夕顔棚納涼図のイメージ」

江戸の画家、ほぼ芭蕉と同時期に活躍した久隅守景《くすみもりかげ》（生没年不詳）の「夕顔棚納涼図屏風《ゆうがおだなのうりょうずびょうぶ》」を思わせる住まいであったようだ。

芭蕉は狩野派の画家英一蝶《はなぶさいっちょう》（一六五二～一七二四年）とつき合いがあったという。同じ狩野派の探幽の弟子で芭蕉が訪ねるほぼ十年前、加賀に六年滞在して「納涼図」を描いたとされる久隅守景とその作品のことを聞き知っていたかもしれない。金沢滞在中にあるいは、その作品そのものを見ていたかもしれない。

等栽の家の描写は、一幅の絵を眼前にするようだ。草葺きの家は、夕顔、ヘチマのツルに覆われ、長く伸びた鶏頭とホウキ草が板

Image : TNM Image Archives

納涼図屏風〈国宝〉
画／久隅守景
紙本墨画淡彩
東京国立博物館蔵

戸を隠すほど生い茂る。その「あやしの小家」の門をたたくと中から「侘しげなる女」が顔を出す。「むかし物がたりにこそ、かかる風情は侍れ」そう芭蕉が記すほど時代離れ、浮世離れした住まいであった。

そこの主等栽は、福井俳壇の古老で、連歌師でもあったという。松永貞徳《まつながていとく》の孫弟子で、芭蕉より十四歳ほど年長、再会時芭蕉四十五歳、等栽は還暦前後だったらしい。洞哉、等哉とも伝えられ、『おくのほそ道』には等栽、「月一夜十五句」には洞栽と記された。「その日のあらまし等栽に筆をとらせて寺に残す」と『おくのほそ道』本文に記された懐紙が今もその寺に伝わる。そこには見事な毛筆で「越前ふくゐ洞哉書」と自署されている。

『おくのほそ道』には旅の途次、出会い世話になった人々の名もとどめられているが、長い一章が割かれた等栽との再会は「月一夜十五句」連作の企図にかかわっただろうか。

「名月はつるがのみなとにとたび立《だつ》。等栽も共に送らんと、裾《すそ》おかしうからげて、路の枝折《しおり》とうかれ立《たつ》。」本文にはつるがの行程が簡単に記されただけで、「月一夜十五句」が企図された様子は一切記されていない。芭蕉と等栽はつるがの名月観照への期待を胸に出発した。「うかれ立」心は「月一夜十五句」にはそのまま詠まれているようだ。

福井洞栽子をさそふ

「月一夜十五句」に写された最初の第一句は、「福井洞栽子をさそふ」の前書に続き、

名月の見所問ん旅寝せん

で始まる。

半年にも及ぶ奥の細道の旅を続けた芭蕉は、「月見の旅」、「旅中旅」に踏み出した。月見の旅の夜は、いままでの旅寝とは異なるものであるのだろう。月詠独吟十五句の挑戦がそれに係ったかもしれない。

夕顔や鶏頭が咲く等栽の「あやしの小家」を後に、月山、羽黒山を踏破した健脚の芭蕉と尻っぱしょりした等栽の二人は月見の旅、一夜十五句連作の旅に踏み出した。遠く白山に続く山並みには、文殊山、さらに日野山が見えてくる。

等栽の家を出発して敦賀への街道は、実際には約三キロで玉江《たまえ》、

玉江二の橋

玉江二の橋畔の碑

さらに「阿曽武津《あそむつ》の橋」のあった浅水《あそうず》を過ぎる。今は共に市街地となり、「月見」「花堂《はなんどう》」と風雅な町名を抜け、「玉江」に至る。芭蕉の句碑、地名の由来の史蹟の標示が立つ。

夜が明けるのももどかしく、朝六つの日の出を待ち、月見の旅にはやる第一歩は早立ちでなければならない。「旅寝せん」の第一句の決意覚悟は早朝に踏み出された。

その行程は、『おくのほそ道』にはこう記されている。

「漸白根《やうやうしらね》が嶽《だけ》かくれて、比那《ひな》が嵩《だけ》あらはる。あさむづの橋をわたりて、玉江《たまえ》の蘆《あし》は穂に出《いで》にけり。」

阿曾武津の橋、玉江

「月一夜十五句」の第二句、第三句はこう続く。

「阿曾武津の橋」

あさむつを月見の旅の明離

「玉江」

月見せよ玉江の芦を刈ぬ先

「月一夜十五句」の二句、三句が実際の行程と前後する理由は、十五句の展開の芸術的意図が優先されたためだろうという。そして

阿曽武津橋

日野山

また「月一夜十五句」の原本がもとになり、『おくのほそ道』本文の行程が地図上逆転したかもしれない。

阿曽武津橋は、『枕草子』などに書かれ歌に詠まれ名所になっていたという。その橋を中秋名月の月見のために渡る。明日の名月を予感させるように明けゆく秋空の下、芭蕉の胸中の想いは期待にあふれるものだったろう。

第三句に詠まれ、前書きにも記された玉江は古歌に詠みつがれ、芦の名勝として風雅に心よせる人々には周知の場所だったようだ。明るくなった秋空の下、芭蕉と等裁は道を急ぐ。穂を出した芦もやがて刈られる。季節と時に追われる二人の足を、中秋の名月への期待がさらに急がせる。「月見せよ」と強い言葉で迫るものは、芭蕉の心の中にあったのだろうか、それとも外からの声なのであろうか。

ひなが嶽、木の目峠いもの神々やと札有

敦賀への道は、さらに南に向かう。紫式部が父の任官とともに少女時代を過ごした越前国府の置かれていた武生《たけふ》に近づくと「ひなが嶽」と呼ばれた日野山が迫る。そのふもとを回るように湯尾峠《ゆのを》を越

鶯の関跡

今庄の町と湯尾峠

え今庄《いまじょう》に入ると越前、美濃、近江をへだてる深い山岳地帯となる。その行程は、『おくのほそ道』には「鶯《うぐいす》の関を過《すぎ》て、湯尾《ゆのを》峠を越《こゆ》れば、燧《ひうち》が城《じょう》、かへるやまに初雁《はつかり》を聞《きき》て、十四日の夕ぐれ、つるがの津に宿《やど》をもとむ。」と記されている。

「月一夜十五句」には「ひなが嶽」の前書きで

あすの月雨占なハんひなが嶽

第四句目が記され、第五句目が「木の目峠いもの神やと札有」と前書で

月に名をつゝミ兼てやいもの神　と続く。

「あすの月」は敦賀で見る予定の中秋の名月。この句は十四日、ひなが嶽を眺めながらの句とされる。芭蕉は十四日の夜は敦賀で名月をたのしんだ。昼も晴天だったに違いない。ひなが嶽に名月の無事を願ったのだろうか。それとも雨の心配不安がひなが嶽の眺めに宿っていたのだろうか。

ひなが嶽を過ぎた山路の峠、湯尾峠に「いもの神」を祀った社と茶屋があった。いもの神は疱瘡《ほうそう》の神で、江戸時代多くの参詣者を集め、数軒の茶屋があったという。明治以後はすたれ、平成になって再建され、今は街道を外れた杉の小山となった林の中にひっそりと

湯尾峠

燧ヶ城跡

建つ。「木の目峠」と「月一夜十五句」の前書に記されたのは、芭蕉の記憶違いとされているが、単純な誤記なのか、何か意図があったのであろうか。

芭蕉と等栽が敦賀へたどった行程はまだ確定していないのだという。曾良と同様、今庄に一泊したのか、どの峠道を越えて敦賀に入ったのか、空白の一日も残るらしい。

燧が城

「月一夜十五句」の六番目に記された「燧が城」の前書で記された

　義仲の寝覚の山か月悲し

がその一因になっているようだ。

今庄の町並に迫る山の上に、木曽義仲が築いた燧ヶ城があった。平家の反撃で落城し敗退した。今庄で芭蕉は月を眺めてこの句を詠み、一泊したという推定が成り立つ。しかし「あすの月」の句は十四日に詠まれ、『おくのほそ道』には十四日夜の月は敦賀で眺めたことになっている。まだどれも立証するものが無いのだという。

木の目（芽）峠

栃の木峠

越の中山

「月一夜十五句」の第七句目は、

「越の中山」の前書で

中山や越路も月はまた命

今庄から敦賀への道は深い山中の峠越えになる。「月一夜十五句」に登場する「中山」には諸説があり、芭蕉が越えた峠道のルートも確定されていないのだという。

あさむづ、玉江以後のルートは、『おくのほそ道』にはこう続く。

「鶯の関を過て、湯尾峠を越れば、燧が城、かへるやまに初雁を聞て、十四日の夕ぐれ、つるがの津に宿をもとむ。」

「月一夜十五句」に記された、木の目峠はなく、湯尾峠だけが記されている。「月一夜十五句」だけに残された「木の目峠」「越の中山」が芭蕉が通ったルートの手がかりの証左になるのだろうか。

今は北陸自動車道やJR北陸トンネルができて、山並みの下をくぐって敦賀と今庄は結ばれている。全長二十キロ近い北陸トンネルは昭和三十七年（一九六二年）の開通で、それ以前は列車でも山越えに長時間かかった。足で歩くしかなかった時代の山越えの陸路は

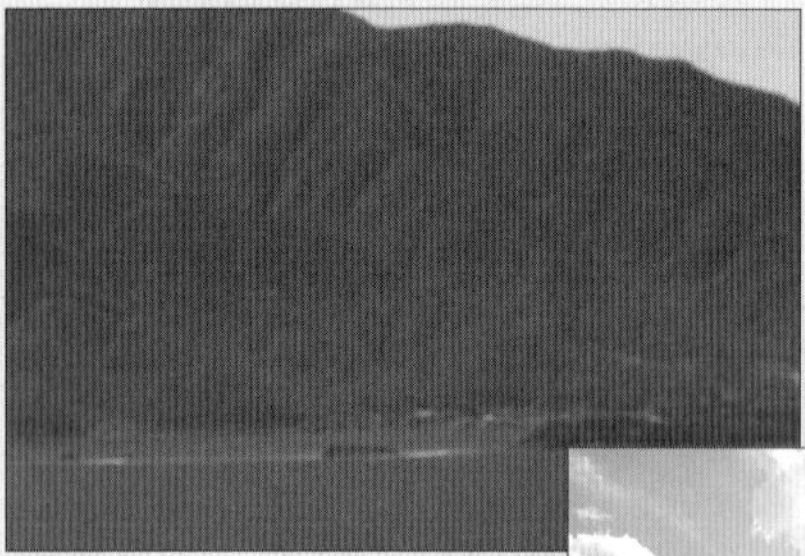

敦賀湾ごしに見える色ヶ浜

「帰」の周辺

山中峠

変遷して廃れた山路も多いようだ。関ヶ原から近江・美濃・越前の山中を通る北国街道は栃の木峠を越えて今庄に入る。かつての敦賀と今庄を結ぶメインルートは、現在の木の芽峠の下には北陸自動車道のトンネルが貫通して敦賀と今庄を結ぶ。敦賀から木の芽峠へのかつての旧道は今や廃道に近く草木に覆われている。木の芽峠のあたりはスキー場と温泉ができ、スキー場のリフトとの頂上からは敦賀湾を一望することができる。旧道は他にもいくつか残り今庄から敦賀湾の名勝杉津に至る山中峠の名を残す旧道もその一つだ。

今庄から南に進むと、今も「帰《かえる》」「帰山《かえるやま》」という地名が残る。「帰川」の渓流沿いの段々畑の水田に沿って旧道の一つが西へ向かい山を登る。今はトンネルがいくつも連なるが、昔は上り下り激しくいくつもの山々の峰をまたぐ山道だったに違いない。トンネルは一車線しかなく、危険な道だが今もダンプカーなどが往来する便利なルートのようだ。「山中峠」の名を残す山道が頂きに達すると、一気に敦賀湾の眺望が開け、敦賀湾ごしに色が浜など対岸の敦賀半島が眼下に広がる。山道を下ると、敦賀湾の名勝の一つ、杉津に着く。以後、敦賀まではずっと海沿いに道が続いている。近くには「山中」の地名も残る。今庄から一番早く海に出る道のようで、木

敦賀港

の目峠など他の峠道はずっと山の中を通り敦賀に出る。芭蕉がこうした道の一つを通った仮定も成り立つようだ。

越路の最後の難所、山越えの道も名月観照の期待の前には恐らく苦にならなかったに違いない。つらい難所も月があれば一変した情景となる。「中山や」にはそうした思いがこめられているだろうか。

気比の海

山路を越えると港町敦賀だ。「月一夜十五句」は、敦賀への旅の句から、目的地敦賀での句となる。「月一夜十五句」の八句目、

「気比の海」と前書に続く
国々の八景更に気比の月

は三百年近く忘れられ「新発見」の芭蕉の句となった。

中国南宋時代の文人達の間に流行し、牧谿《もっけい》など画人達が絵画化したとされる「瀟湘八景《しょうそうはっけい》」は、鎌倉時代から日本でも流行し、狩野派の画家達も描いた。「近江八景」など日本独自の八景も各地で選定され、敦賀でも芭蕉が訪れるほぼ十年前の延宝八年（一六八〇年）に「敦賀八景」が定められ普及したという。

気比明神

「柳川落雁　清水帰帆　常宮晴嵐　野坂暮雪　天筒秋月　金崎夜雨　気比晩鐘　今浜夕照」だったという。

芭蕉とともに象潟を訪れた曾良は、その旅日記に「鳥海山の晴嵐を見る」と記した。曾良や芭蕉は、「敦賀八景」を事前に知っていたであろうか。夕方敦賀に着いた芭蕉は、その夜、中秋前夜の美しい月を眺めた。いろいろな八景の名月はあるだろうが、敦賀湾、気比の海にかかる月はさらに見事だろう。中秋の名月への期待と讃仰はさらに高まる。

『おくのほそ道』に記された「かへるやま」と「月一夜十五句」に写し留められた「越の中山」「木の目峠」などわずかな手がかりから、芭蕉が今庄から海へ出る最短ルートで、対岸には色ケ浜が見える杉津に抜ける峠を越えた可能性もかすかに残る。もし眼下に広がる敦賀湾、気比の海を眺めたら、芭蕉は八景の上に輝く中秋の名月を思い浮かべたかもしれない。敦賀湾の古称「気比の海」と「月一夜十五句」の前書に記した意図は何であろうか。

気比明神

「月一夜十五句」で初めて世に出た第八句に続く第九句目は、

気比の松原

『おくのほそ道』にそのいきさつとともに記された著名な句だ。

「月一夜十五句」には

「同明神」

月清し遊行のもてる砂の上　と写されて残る。

「気比明神」は越前一の宮、気比神社、芭蕉が訪れる五十年前、津軽・十三湊から運ばれたアスナロの大木で十一メートル近い大鳥居が建てられたという。後ろに迫る山々から海の浜まで松に覆われ、気比の松原は今も名勝の一つだ。十三世紀時宗を始めた一遍上人の二代目遊行上人が率先して、参詣者が難渋した湿地を砂で埋め立て、以来参道が整い、代々それが祭礼行事化して「遊行砂持神《ゆぎょうすなもちしん》事《じ》」として今も続く。芭蕉が訪れた年も行われたという。時宗では、代々行脚して仏法を広め、その間遊行上人と呼ばれるという。旅をすみかと思う芭蕉にとって仏法流布の巡回行脚を続ける遊行上人の故事は共感を呼んだであろう。

「なみだしくや遊行のもてる砂の露」

と書かれた芭蕉自筆の短冊やこれをもとにした句碑などが敦賀には今も伝わる。「月一夜十五句」や『おくのほそ道』に記される以前、十四日夜に詠まれた当初の句だとされる。「月一夜十五句」に

出雲屋跡

天屋五郎右衛門旧居跡

とどめられた句はいつの時点で、最終的な十五句にまとめられたのだろうか。

「名月はつるがのみなと」と観月の旅を急いだ芭蕉は、「月一夜十五句」の句を詠み続けて最終目的地敦賀の宿にようやく着いた。曾良が手配をすませた「出雲屋」だった。目的地に着いて、後は明日の中秋の名月を待つだけ。くつろいで、酒宴となった。宿の出雲屋の主人、等栽とともに玄流《げんりゅう》という俳号を持つ廻船問屋の当主天屋《てんや》五郎右衛門《ごろううえもん》はじめ、敦賀の俳人達も列席したかもしれない。中秋前夜の月を眺め気比神宮に参詣した。その夜の句を芭蕉は求めに応じ記し、それにもとづいて句碑などが作られたのだろう。

中秋前夜の十四日には「月一夜十五句」の第九句目に記され、『おくのほそ道』にもとどめられた敦賀の著名な月の句は、恐らくまだ誕生していなかった。

種の浜

この九句目に続く十句目は、敦賀の観月とともにもう一つの旅の目的地、西行の歌枕の地探訪、敦賀から舟でしか行けない対岸の敦賀半島色ヶ浜（種の浜）での句になる。

ますほの小貝

敦賀半島色ヶ浜（種の浜）

「種の浜」

衣着て小貝拾ハんいろの月

『おくのほそ道』には、芭蕉一行は中秋の翌十六日、気比の海、色ヶ浜へのクルージングを存分に楽しんだ。十句目に連ねられた句は、種の浜での体験による句なのだろうか。十一句目からは、名月観照が流れた中秋十五日の敦賀での句が続く。種の浜の句が、十四日夜、気比神宮での明月の句についで並べられているのは何か理由があるのだろうか。

汐染むるますほの小貝拾ふとて
色の浜とは言ふにやあるらん　西行

この西行の歌が「色の浜（種の浜）」の名を高めたという。敦賀湾には、長さ一センチほどで貝殻の内側も薄紅色のチドリマスオガイとウスザクラガイの一種、コメザクラガイの二枚貝が多く棲息していたという。今は減少し浜辺でその貝を見ることはむつかしいというが、芭蕉の頃はたくさん拾えたらしい。

西行の歌のように、うす紅色の貝殻を拾ってみたい。中秋の名月観照の目的地に着いた芭蕉の頭の中には、名月の下、西行のように僧衣で、種の浜でますほの小貝を拾う姿が浮かんでいたかもしれな

金ヶ崎

い。あるいはまた遊行上人の故事にちなみ、僧衣の旅人の心が重ねられたのだろうか。「拾はん」は恐らく願望の心で、「見所問ん」「旅寝せん」と名月への期待をこめた願いの句に連なるかもしれない。「月一夜十五句」は、十句目までは、中秋の名月への旅、期待とあこがれの心を連ねていることになる。

「つるがの名月」へ浮き立つ期待に満ちた月見の旅のドラマは、十五日の雨で突如暗転する。『おくのほそ道』にはその始終が記されている。

「その夜、月殊晴《ことにはれ》たり。『あすの夜もかくあるべきにや』といへば、『越路《こしぢ》の習ひ、猶《なほ》明夜の陰晴《いんせい》はかりがたし』と、あるじに酒すすめられて、けいの明神《みやうじん》に夜参《やさん》す。仲哀《ちゆうあい》天皇の御廟也。社頭神さびて、松の木《こ》の間《ま》に月のもり入《いり》たる、おまへの白砂霜を敷《しけ》るがごとし。」

宿の主の語る砂持行事を聞いて、「月一夜十五句」の第九句目に記された句が生まれた。

「月清し遊行のもてる砂の上」

名月の敦賀への旅は、その前夜まで順調に過ぎ、名月への期待にふくらむ。「月一夜十五句」の連作も中秋名月のハッピーエンドに

金ヶ崎金前寺

金前寺鐘塚句碑

至ったかもしれなかった。

「十五日、亭主の詞《ことば》にたがはず雨降。
名月や北国日和定《ほくこくびよりさだめ》なき」

『おくのほそ道』でも著名な句が登場することになった。

「月一夜十五句」には、十四句目にこの句が写されている。その前書には「うみ」と記されているだけだ。露通が写した原本にはこの句が「月一夜十五句」に連なる最後の句となっている。

奥の細道最後の旅、敦賀への観月は、「月一夜十五句」に写された第九番目と第十四番目の句が選ばれて留められた。中秋前夜、「月殊晴たり」という素晴しい月をながめた句と十五日の雨、中秋無月となった、叶わなかった名月観詠の句の二つだ。敦賀での中秋観月が実現していれば、「月一夜十五句」には違った句が並び、『おくのほそ道』にも異なる句が選ばれていたのだろう。

金ヶ崎雨

雨の中秋、芭蕉は「敦賀八景」金崎夜雨の名勝、南北朝悲劇の地、金ヶ崎を訪れた。等栽はじめ敦賀の多くの俳人達も一緒だったかもしれない。

金崎城跡

「金が崎雨」

　月いづく鐘は沈める海の底

敦賀での中秋最初の句が「月一夜十五句」の十一番目に留められた。

芭蕉没後約七十年経って、敦賀の俳人たちの手で「月いづこ鐘は沈るうみのそこ　芭蕉」と記した句碑が建てられ、鐘塚として金ヶ崎金前寺《こんせんじ》境内に当初のまま遺されている。気比の海と呼ばれた敦賀湾は、越前の山地と敦賀半島に挟まれた長く深い入江で、その最奥に敦賀の港がある。余呉湖や琵琶湖に注ぐ近江・美濃の分水領から北へ流れる黒河川が笙の川と合流して入江に注ぐ。河口から西は砂浜となり、長い松原が続くが、東は港をはさんで越前山地が断崖となって深い入江に迫る。そこに天平時代創建とされる金崎寺があった。松のそびえる断崖は今も往時の姿を伝える。

南北朝時代、新田義貞の南朝軍は、金崎寺に本営を置いて金崎城に拠ったが、足利軍に攻められ延元二年・建武四年（一三三七年）敗れた。新田義顕は陣鐘を海に沈め、尊良親王とともに自害したという。観月が雨に流れそうな十五日、芭蕉は敦賀まで追い求め続けた中秋の名月を、深い海に沈み後に再び引き揚げることができなかった悲劇の鐘の命運に重ね合わせたのだろうか。海の底の鐘の音

気比の松原

は聞こえない。名月の輝きもかくれそうだ。芭蕉の失望落胆の想いは深く沈む。芭蕉直筆とされる短冊が今も敦賀に伝えられているという。句碑の原本かもしれない。

はま

「月一夜十五句」の第十二句目も雨の中秋の句だ。「はま」の前書に続いて

月のみか雨に相撲もなかりけり

待望の愉しみを奪われた人々の口惜しさを、流れた中秋観月に重ね合わせているようでもある。雨天への恨みを重ね合わせた八つあたりにも思える。淡々と事実を詠んだだけなのだろうか。

「月一夜十五句」に敦賀の名月への想いを詠み続け、前夜のみごとな月を眺めた芭蕉にとって、雨で見えない名月の句を詠み続ける胸中はどんなものであったろうか。「月一夜十五句」の雨の句はこの二句で終わる。

みなと

「月一夜十五句」の十三句目は

敦賀湾

「みなと」の前書で

ふるき名の角鹿や恋し秋の月

「月一夜十五句」に写されて残った十四句目となる最終句、『おくのほそ道』にも記された「名月や北国日和定なき」まで、十一句目から十四句までは敦賀での雨の中秋の体験による句が続く。前書きも歌枕の地、固有名詞にこだわったそれまでと異なり、「はま」「みなと」「うみ」と素気無い。

十三番目に記された句は、昔の敦賀の古称、角鹿《つのが》を偲ぶだけだろうか。元禄二年（一六八九年）中秋、芭蕉は敦賀の名月を見ることがかなわなかった。昔の人々は存分に中秋の名月を楽しみ、八景の月も眺めてきた。敦賀の昔、角鹿の時代の月はどうだったろう。その月も見てみたかった。恋しいのは、角鹿の古名だけでなく、連綿と輝き続けてきた敦賀の名月だ。無念の想いも込められているだろう。

うみ

「月一夜十五句」として露通が写し取った最後の句が、十四句目となる。

敦賀の満月

「うみ」
名月や北国日和定なき
いま一句きれて見えず

ここで露通の「芭蕉翁月一夜十五句」の序文は終る。

この句は『おくのほそ道』とともに有名な句となった。その一因には、北国の移ろいやすい天候、観月の旅の劇的な展開があっただろう。

「名月はつるがのみなと」と芭蕉は等栽とともに福井を旅立った。「月一夜十五句」独吟の旅でもあった。月の句を多く詠んだ芭蕉にとっても、名月の独吟十五句連作は初の挑戦であり、その意欲は旅の句心をかき立てたに違いない。中秋前夜つるがに着いた芭蕉は見事な月夜を愉しみ、明日の名月にさらに思いをふくらませた。

しかし一転十五日は雨となり、「月一夜十五句」の中秋の月の句は、中秋無月の句になった。十五日中秋名月が敦賀の空に輝いたら、「月一夜十五句」には名月讃歌が連り、『おくのほそ道』にも敦賀の名月の句がとどめられただろう。

「月一夜十五句」連作には、期待と願望、そして失望と落胆、名月に寄せる心のすべてが込められていそうだ。予期せぬ自然の変

種の浜

化、見えざる力も働いた。もし「月一夜十五句」の連作を試みていなかったら第十四句目のこの句は生まれただろうか。名月にもとづいた歌は沢山あるのだろうが、見えなかった名月を詠んで後世に残る句が奥の細道の最後に生まれた。

八月十五日、雨の中秋に「月一夜十五句」には十一句目と十二句目に、無念の思いがとどめられた。十三句目は古に思いをはせ、十四句目に大自然の力と人生の諦観をも重ね合わせた。「月一夜十五句」の連作は雨の中秋で終っていたのだろうか。十五句目にはどんな句が記されていたのだろうか。そしてまた露通が写した原本に「月一夜十五句」が記されたのはいつ、誰の手でか。露通は「残り一句切れて見えず」と記したが、本当に「月一夜十五句」の原本には十五句が記されていただろうか。ナゾはまだまだ続く。

種の浜（色ヶ浜）への舟旅

中秋の名月は雨で見えず

「名月はつるがのみなとに」と旅立った中秋観月は雨でハッピーエンドにならなかった。敦賀でのもう一つの目的、種の浜探訪は翌

大型帆船を想わせる豪華客船「飛鳥Ⅱ」の敦賀出港

十六日から始まった。晴天となった十六日、曾良の事前の準備手配のおかげで、敦賀半島色ヶ浜への海の旅が計画通りに実現した。その様子は『おくのほそ道』最後を飾る。

「ますほの小貝ひろはんと、種《いろ》の浜《はま》に舟を走《は》す。海上《かいしょう》七里あり。天屋《てんや》何某《なにがし》と云《いふ》もの、破籠《わりご》・小竹筒《ささえ》などこまやかにしたゝめさせ、僕あまた舟にとりのせて、追風《おひかぜ》時のまに吹着《ふきつき》ぬ。」

「天屋何某」は、曾良が翁への手紙を預けた敦賀の廻船問屋の主人で、玄流という俳号を持つ俳人でもあった。酒や料理を「こまやかにしたゝめさせ、僕《しもべ》あまた舟にとりのせて」と記されている。北廻り船など大型帆船による大クルージングであったかもしれない。酒を注ぐ女性達もあまたの僕の中にいたかもしれない。仲秋の静かな敦賀湾を、気比の松原や敦賀八景の地を眺め、越えてきた越路の山並を見やりながら酒と料理を楽しむ。船中では芭蕉を囲んで、等栽、玄流、そして敦賀の俳人達と話がはずんだだろう。「月一夜十五句」連作や奥の細道道中の句も話題にのぼったかもしれない。

「種の浜」は西行の歌のおかげで、今は色ヶ浜となまめかしい名称だが、ずっと陸の孤島の浜辺だった。

「浜はわづかなる海士《あま》の小家《こいへ》にて、侘《わび》しき法花寺《ほっけでら》あり。爰《ここ》に茶を

本堂

本隆寺開山堂

飲、酒をあたゝめて、夕ぐれのさびしさ、感に堪《たへ》たり。

寂しさや須磨《すま》にかちたる浜の秋

浪《なみ》の間《ま》や小貝《こがい》にまじる萩《はぎ》の塵《ちり》

其日《そのひ》のあらまし、等裁《とうさい》に筆をとらせて寺に残《のこ》す。」

敦賀半島から若狭にかけて、最近まで浜には海に出る手漕ぎ舟を入れる舟小屋が建っていた。草ぶきの小さな舟小屋がポツンと浜に建つ姿は風情がある。

仲秋の萩の季節、浜に生い茂る花々が散って白い波間に浮かぶ。白い波とたわむれる紅とピンクの花片の鮮やかな対比は、色ヶ浜の名を改めて印象づける。歌枕探訪の旅のフィナーレを飾る句の誕生で、旅の打上げクルージングも幕を閉じた。「等裁に筆をとらせて寺に残す」と記された懐紙もその写しも共に曾良が泊まり「侘しき法花寺」と記された色ケ浜の本隆寺に伝えられて残る。

毛筆の見事な筆跡による十四行は、写真とともに川上季石著『芭蕉越前を歩く』に紹介され、現在には敦賀市立博物館に寄託されている。

西行といろの浜の由来の後「同じ舟にさそはれて、小貝を拾ひ、袂につゝみ、盃にうち入なんとして、彼上人のむかしをもてはやす

事になむ　越前ふくゐ洞哉書」とその日の様子が記されている。最後に「桃青　小萩ちれますほの小貝小盃　元禄二仲秋」と芭蕉の句を記して終っている。

ここに記された句は、敦賀にも伝えられて残る。しかし『おくのほそ道』にはそれとは別の句が記された。

八月十六日種の浜に遊んだ芭蕉は、等裁に記させたように、ますほの小貝を拾い、盃に入れて、西行歌枕の地の古を偲び、萩の花咲き散る浜で奥の細道最終地の旅を心ゆくまで存分にたのしんだ。西行五百年忌の旅の最後に訪れた地は恐らく日本一さびしい浜だった。誰に見られることもなくひっそりと花をつけた萩の花々は散り、ますほの小貝とともに、白い波とたわむれている。芭蕉は色ヶ浜の名の起こりとされる西行の歌に並び、それを越える境地をこの句にこめようとしたのではないか。等栽の筆に記されてから五年『おくのほそ道』の清書が完成するまで、『おくのほそ道』の最後を飾る色ヶ浜での句は変転を続けたかもしれない。

敦賀に遺る旅の杖

敦賀の旅のもう一つの目的、中秋観月から生まれた「月一夜十五句」の方は、いつどのように露通が写した原本に清書されたのだろうか。

色ヶ浜に向った芭蕉一行は、当日か翌日、恐らく舟で敦賀に戻った。迎えに来た露通と大垣へ発つまで、芭蕉の足跡の手がかりのいくつかが敦賀には残されているという。

芭蕉は敦賀では出雲屋に宿泊した。何日まで宿泊したかは不明だが、芭蕉はここに道中の杖と笠を遺した。笠は不明となったが、杖は百年後の寛政十年（一七九八年）立派な桐箱に入れられ代々伝えられ今に至っている。杖の長さ一メートル八センチ、上の二節目から大小二つに別れ「燕尾杖」と名付けられ家宝として引き継がれたという。深川を発つ時以来のものだろうか。

曾良と別れた山中温泉での句に「今日よりや書付消さん笠の露」と詠まれた笠だったろうか。

奥の細道は色ヶ浜で終了

奥の細道の旅は、色ヶ浜への舟旅で終止符を打った。そう考えて芭蕉は、笠と杖を観月と西行歌枕の巡遊の終着地敦賀の宿に遺したのだろうか。

芭蕉の敦賀来訪三十年後の享保四年（一七一九年）に敦賀の医師伊吹東恕《いぶきとうじょ》などがまとめた冊子には

月いづく鐘は沈める海の底
小萩ちれますほの小貝小盃

と芭蕉の二つの句と出迎えた露通の句

目にたつや海の青々と北の秋　露通

が伝えられているという。

「月いづく鐘は沈る海のそこ」と記され芭蕉直筆とされる短冊も伝わるという。

『おくのほそ道』に記されて周知の句以外に「月一夜十五句」だけに記された句や等栽が本隆寺に芭蕉の命で書き遺したとされる色ケ浜での元の句も敦賀には伝わっているようだ。

旅を終えた芭蕉は、紀行文『おくのほそ道』に取り組み、五年後、元禄七年（一六九四年）に一門の素龍《そりょう》が清書して完成したという。その年の秋、芭蕉は病没したが、八年後の元禄十五年（一七〇二年）京都で刊行され、『おくのほそ道』は全国周知となった。遺言でその清書原本は芭蕉の弟子向井《むかい》去来《きょらい》に渡った。その後転々とした遺稿は敦賀に戻り、福井と滋賀の境の峠を守る西村家に伝えられ、昭和九年（一九三四年）に発見され、戦後の昭和四十七年（一九七二年）に国の文化財となった。

奥の細道最後の観月の旅から生まれた「月一夜十五句」のほうは、露通が写して以来その原本は不明となった。芭蕉の手元にしばらくあって、『おくのほそ道』の清書に参照されたかもしれない。敦賀にそのいくつかが伝えられるだけで、「月一夜十五句」の独吟連作の存在は忘れられていったようだ。

再び「月一夜十五句」のナゾ

真実は如何

「名月の見所問ん旅寝せん」と始まる「月一夜十五句」は、秋晴れの一日を思わせる早朝、あさむつ橋を渡り月見の旅に踏み出した。穂を出し刈られる前にそよぐ玉江の芦をながめて「月見せよ」と敦賀への道をせき立てられる。近くに迫るひなが嶽にふと明日の中秋の雨の心配が頭を過る。湯尾峠のいもの神への参詣の旅人の心は、中秋の明月への思いより切実かもしれない。木曽義仲は越前山中に城を築いて平家に対抗した。敗退してながめた月はどんな思いであったろうか。敦賀の名月を思い浮べれば、越路の難所の険しさも耐えられる。

第七句目までは、敦賀への旅の句が続く。芭蕉は十五句連作の構成をどのように考えたのだろうか。第八句目からは「気比の海」で始まる敦賀の海を目にした最終地敦賀での句が続く。

第九句目は、『おくのほそ道』にそのいきさつが記され、敦賀にはその元とされる句も伝えられる。「名月はつるがのみなと」と観月の心躍る旅で芭蕉が実際に見た中秋前夜の見事な月だった。十五日は雨となり、敦賀での中秋観月は実現しなかった。種の浜の十句目に続いて、十一句、十二句は雨の中秋の句、十三句は昔の敦賀の中秋名月を偲ぶ句、十四句は露通が写した時には「切れて見えず」となった「月一夜十五句」での最終句、『おくのほそ道』の観月の旅、敦賀への旅を飾る中秋無月の名句となる。

中秋の名月を期待したが…

「月一夜十五句」はいつ、露通が写した原本に清書されたのだろう。等栽とともに福井を発った芭蕉は、道中月の句を詠み、恐らく懐紙にとどめた。「名月はつるがのみなと」にと「名月の見所問ん旅寝せん」とスタートした月見の旅の目的地敦賀に着いた芭蕉は、すばらしい中秋前夜の月をながめ、中秋観月への期待をふくらませた。しかし一転翌日は雨となり、敦賀の中秋観月はなくなった。敦賀の名月は十五夜前夜の一夜の体験だけとなった。

雨の十五日、無念の想いで敦賀の名所を案内され「月一夜十五句」を詠み続けた。十五夜の夜、待望の観月は流れ、時間はたっぷりあった。前夜と同じように酒宴が開かれたかもしれない。芭蕉は前夜眺めた気比神社での句を中心に、「月一夜十五句」の構成を検討し直したかもしれない。

もしこの夜連作の清書が完成していれば、十六日の色ヶ浜への舟旅の往復や十六日夜の席で、その清書は人々の手にひっぱりだこになったかもしれない。「名月」で始まる「月一夜十五句」は、すべて「月」が登場するが、十四句目に再び「名月」が登場する。「名月はつるがのみなと」にと旅立った月詠独吟十五句の最後はどういう月の句で完結していたのであろうか。

五年がかりで紀行文『おくのほそ道』の推敲を続けた芭蕉は、旅の最後をいろどる敦賀の中秋観月の旅に、恐らく「月一夜十五句」の原本を参照した。最終章を飾ったのはその第九句目と第十四句目だった。現実に見た敦賀の名月前夜の月と、雨となって無念諦観の中秋無月の名句だ。もし雨で中秋観月が流れなかったら、第九句は前夜詠まれ敦賀に伝えられる「なみだしく遊行がもてる砂の露」から変えられただろうか。福井の等栽の家から始まった中秋観月の独吟十五句連作は、中秋の雨で思わぬ展開を迎えたのではないか。

芭蕉は、月詠独吟十五句への挑戦を胸に「名月はつるがのみなとにとたび立」た。歌枕の地を月見の旅に詠み続け、十四日に目的地つるがの宿に着き、気比神宮で満月前夜の月を愉しんで、明日への期待を抱いた。しかし十五日の雨で名月観照は流れた。恐らくこの夜、芭蕉は独吟十五句の構想を変えた。

四句目に「雨」が伏線のように置かれ、十一句目の「金が崎雨」の前書は、敦賀八景の「金崎夜雨」との連想だろう。

十五句目のナゾ

敦賀で芭蕉が実際に見た中秋十四日の明月の句を九句目に置き、奥の細道最後の旅、敦賀の旅の最終目的地、色ヶ浜への想いを十句目に据えた。雨の十五夜の二句に続き、古の名月への想いを十三句目に連ね、十四句目の無念諦観の観月の句「名月や北国日和定なき」でしめくくった。「名月の見所問ん旅寝せん」で始まった「月一夜十五句」は、月を詠み込みながら、十四句目で再び「名月」が登場する。敦賀での名月観照をたのしみに、独吟十五句にいどんだ芭蕉は、実現しなかった十五夜観月の連作を十四夜、十四句で未完にした可能性は残る。

「残り一句切れて見えず」と記した露通が写した二十一日は、原本が十五日に清書されていたとしても一週間足らず。懐紙を折り巻いて仕舞い、頻繁に出し入れしたとしても、大事な芭蕉の原本は丁寧に扱われただろう。和紙の丈夫さを考えるとすり切れるには早すぎるかもしれない。芭蕉自身が十五句目を削除したか、もともと記してなかったかもしれない。露通が「芭蕉翁月一夜十五句」と題名を記した根拠は何だったのだろうか。五年をかけて『おくのほそ道』が清書された時、「月一夜十五句」の第九句と第十四句が選ばれた理由は何なのであろうか。

もし今後露通が写した原本が発見されることがあっても、そこには十五句目は無い。芭蕉の観月独吟十五句の連作「月一夜十五句」は芭蕉の無念の想いそのまま、永遠に未完であり続ける。

「月一夜十五句」と『おくのほそ道』

最終イベントの予算は一両

元禄二年（一六八九年）弥生三月の末、江戸深川を発ち、芭蕉は曾良とともに奥の細道に旅立った。各地で句会を開き、歌枕の地を訪ね、西行五百年忌の旅を続けた。七月の末から九日間山中温泉に逗留した芭蕉は、旅の日程を十分に考えた。福井、敦賀では句会の開かれた形跡は無い。越前福井を過ぎて故郷に近い美濃大垣に入れば、門弟知友が待ち受ける。西行五百年忌の旅のフィナーレは、西行歌枕の地を訪ね、折りから中秋の名月を敦賀で楽しみ、存分に西行の世界に遊びたい。そうした芭蕉の決意が、曾良の先行手配となった。敦賀の宿に曾良が預けた一両は、元禄八年（一六九五年）の貨幣改鋳前の慶長小判であったろうが、宿泊費としては過大だろう。「破籠《わりご》・小竹筒《ささえ》などこまやかにしたゝめさせ、僕あまた舟にとりのせて」と『おくのほそ道』本文に記された豪華クルージング代も含まれていただろう。先行して大垣に到着した曾良の手配で、露通が敦賀まで出迎えたのであろうが、旅費の清算の配慮があったかもしれない。

山中温泉を出発した芭蕉は金沢の門人北枝などとともに先行した曾良の後を追って、越前・加賀の境にある海辺の西行の歌枕の地、「汐越の松」を訪ねた。

「終宵嵐《よもすがらあらし》に波をはこばせて月をたれたる汐越の松」、西行の月の歌を記した芭蕉は「此一首にて数景尽《つき》たり。もし一弁《いちべん》を加《くはふ》るものは、無用の指を立《たつ》るがごとし。」と『おくのほそ道』本文に断じた。

「汐越の松」の吉崎を訪れることは、山中温泉で曾良と別れる前に決まっていた予定の旅だった。北国街道を離れ、加賀、越前の境を舟を乗り継ぐ行程は、曾良が先行踏査し、国境いの手形など繁雑な手続きが要ったようだ。しかしその面倒困難を承知で実行する必要があった。

西行とされるこの月の歌も、当時蓮如上人の作だとされてもいたようだ。しかし芭蕉は、西行歌枕の地として訪れ、『おくのほそ道』本文に月の名歌として紹介した。その後に、等栽との再会、つるがに名月観照の旅が続き、再び西行の歌枕の地「種が浜」を訪れて旅が終わる。つるがの中秋観月で、西行の月の境地に遊び、色ケ浜で再び西行と共演する。そのために、月詠独吟十五句が企てられ「月一夜十五句」が詠まれた。しかし中秋の雨で、その計画は一部変えられた。『おくのほそ道』本文には、期待の観月の旅の顛末が「十五日、亭主の詞《ことば》にたがはず雨降《ふる》。」と一行で記され、劇的なドラマから生まれた中秋無月の名句

名月や北国日和定なき

の登場となった。

そして、この句を生み出した月詠独吟十五句の挑戦をとどめる「月一夜十五句」は表舞台から姿を消した。

奥の細道の最後を飾る西行歌枕の地「種の浜」へのクルージングは、同行した等栽が寺に遺した懐紙には「いろの浜の色に移りてますほの小貝とよみ侍しは、西上人の形見成けらし……」と記されている。『おくのほそ道』本文には「汐越の松」を訪れて西行の歌を記したのと異なり、西行の「汐そむるますうの小貝ひろふとて色の浜といふにや有らん」と伝わる歌は紹介されない。

西行歌枕の地を訪ねた最後の旅を記した『おくのほそ道』本文には、芭蕉自身の二句が連ねられ

寂しさや須磨にかちたる浜の秋

浪の間や小貝にまじる萩の塵

で終わる。

月の句で西行を偲ぶ

西行五百年忌にちなんだ奥の細道最終行程は、敦賀観月の旅によって中秋名月の独吟十五句で西行を偲ぶ心をうたいあげたかった。「月一夜十五句」に遺された中秋前夜までの句には名月への期待があふれる。しかし雨の十五夜でその想いは変わった。恐らく十五夜に清書された月詠独吟十五句は、未完の十四句のまま芭蕉の手で封印された。かなわなかった観月の無念は、その後五年の歳月をかけて推敲された『おくのほそ道』本文のクライマックスへと昇華した。

中秋の名月からわずか六日後、大垣で露通が写した「芭蕉翁月一夜十五句」にはすでに十五句目はなかった。色ケ浜を訪ね、等栽が寺に納めたと記した懐紙には、桃青の名で、「小萩ちれますほの小貝小盃」と記されている。五年の推敲を重ねた『おくのほそ道』の歌枕探訪の最後を飾る句は、「浪の間や小貝にまじる萩の塵」となった。

西行五百年忌にちなむ奥の細道の旅をつづった終章は、「月一夜十五句」から生まれた月の句で西行に並び、色ケ浜ではそれをしのぐかもしれない芭蕉の句境の到達点をさりげなく吐露しているのではないか。中秋無月となった意外な展開で封印された「月一夜十五句」は表舞台から消えたが、その秘められたドラマは『おくのほそ道』の終章を盛り上げた。

等栽は虚構の人物か

中秋の月見の旅に浮かれ立つ同行者、福井のナゾの連歌師等栽は、色ケ浜に芭蕉の句を記した以外、道中の句も一切姿、痕跡を残さない。ひょっとして中秋観月の心躍る芭蕉の心を擬人化したフィクションかもしれない。『おくのほそ道』終章を飾る「等栽」の一章はいかにも昔物語、虚構めいている。「月一夜十五句」に記され、色ケ浜に伝わる懐紙にも「洞哉」と自署した名は、『おくのほそ道』本文にはなぜ等栽とされたのだろうか。ナゾはつきない。

奥の細道最終行程にまつわる多くのナゾは、俳聖芭蕉が五年の心血を注いだ『おくのほそ道』終章が秘めるナゾの深さをまだまだ語りかけていそうだ。

あとがき

ご縁があって福井にしばらくお世話になった。各地を訪ね歩いた。その中に芭蕉の奥の細道もあった。芭蕉や奥の細道は、余りに有名、周知の事柄と思っていた。

丁度芭蕉の没後三百年忌の平成六年（一九九四年）、敦賀の俳人でもある医師川上季石さんが地元の調査をもとに『芭蕉越前を歩く』の著作を刊行された。「月一夜十五句」の忘却を再発見、アリバイの無い最終行程の事実などを知って、『おくのほそ道』や芭蕉についてのナゾは一挙に私の中で広がり深まった。そのナゾを抱いて奥の細道のルートを探ね、芭蕉が眺めたと思われる情景を再見しようと歴史の現場に心をさ迷わせた。

創作としての『おくのほそ道』のねらいは何だったのだろうか。人名や地名が誤りだとされる例が多い。意図的に変えられていることはないのだろうか。私は福井から敦賀へ、月見の旅に同行したナゾの連歌師「等栽」に疑いを抱く。中秋の名月にあこがれる芭蕉の願望の心を旧知の等栽の名を借りて擬人化したのではないか。等栽に筆をとらせて色ヶ浜の寺に遺した一文は芭蕉自身が桃青と自署し句を記したのではないか。ナゾはつぎつぎに深まって消えない。永遠に不明の「月一夜十五句」の十五句目のように知ることはできないのであろうか。

平成二十三年　仲秋　　　　著者

【著者紹介】
村瀬 雅夫（むらせ まさお）
昭和14年（1939年）、東京生まれ。
東京大学文学部東洋史学科卒業。
読売新聞社入社、文化部勤務。美術を担当。
その後、明治大学講師、福井県立美術館館長などを経て、
現在は松濤美術館館長。
自らも日本画を描き、川端龍子青龍社展に出品。
その後は横山操に師事して無所属。
美術館館長、日本画家、美術評論など多彩な活動を行う。
著作は『美の工房』『横山操』
『川端龍子（現代日本の美術）』など多数がある。

『おくのほそ道《みち》』最終路《さいしゅうじ》の謎《なぞ》 「芭蕉翁月一夜十五句《ばしょうおうつきいちやじゅうごく》」のミステリー
●定価はカバーに表示してあります

2011年11月15日　初版第1刷発行

著　者　村瀬雅夫《むらせまさお》
発行者　川内長成
発行所　株式会社日貿出版社

東京都千代田区猿楽町1-2-2　日貿ビル5F　〒101-0064
電話　営業・総務(03)3295-8411／編集(03)3295-8414
FAX (03)3295-8416／振替 00180-3-18495

印刷・製本　株式会社ワコープラネット
装丁・本文レイアウト　仲 将晴(creative design ADARTS)
写真撮影　荒川健一（絵画作品）・宝田久人

ISBN978-4-8170-8185-8　http://www.nichibou.co.jp/